故事里的中国印象

# 盛世绘就梦想

读者原创版编辑部 ○—— 编

甘肃文化出版社

甘肃·兰州

**图书在版编目（CIP）数据**

盛世绘就梦想 / 《读者》（原创版）编辑部编 . ——
兰州：甘肃文化出版社，2021.7（2024.12 重印）
（故事里的中国印象）
ISBN 978-7-5490-2080-5

Ⅰ．①盛… Ⅱ．①读… Ⅲ．①纪实文学－作品集－中
国－当代 Ⅳ．① I25

中国版本图书馆 CIP 数据核字（2020）第 176403 号

## 盛世绘就梦想

《读者》（原创版）编辑部 ｜ 编

| | |
|---|---|
| 总 策 划 | 马永强 |
| 项目负责 | 王铁军　郎军涛 |

| | |
|---|---|
| 策划编辑 | 刘 燕　祁培尧　高 原 |
| 责任编辑 | 党 昀 |
| 封面设计 | 马吉庆 |

| | |
|---|---|
| 出版发行 | 甘肃文化出版社 |
| 网 址 | http://www.gswenhua.cn |
| 投稿邮箱 | gswenhuapress@163.com |
| 地 址 | 甘肃省兰州市城关区曹家巷 1 号 ｜ 730030（邮编） |

| | |
|---|---|
| 营销中心 | 贾 莉　王 俊 |
| 电 话 | 0931-2131306 |

| | |
|---|---|
| 印 刷 | 三河市富华印刷包装有限公司 |
| 开 本 | 690 毫米 ×980 毫米 1/16 |
| 字 数 | 174 千 |
| 印 张 | 15 |
| 版 次 | 2021 年 7 月第 1 版 |
| 印 次 | 2024 年 12 月第 4 次 |
| 书 号 | ISBN 978-7-5490-2080-5 |
| 定 价 | 69.00 元 |

# 序言

时光不染，岁月流金。跨过历史的长河，我们追寻火红的足迹，穿过岁月的征程，我们拥抱伟大的时代。

时代，既是源自悠久过去、绵延至今的一段历史足迹，亦是以今为初始、朝蓝图进发的持续进程。发祥于黄河流域的中华文化，孜孜不倦，与时同行，已历经千百春秋，在不同的时期坚守，把握时代命脉，留下深刻烙印。

岁月的时光瓶，为我们沉淀成长的记忆，也为我们记录奋斗的足迹。人生只是弹指一挥间，虽然在时间维度上短暂，但我们不要忘了为自己的时代鼓掌。掌声中，时光的镜头已缓缓拉开，曾经的那些记忆随着时光慢慢浮现。

中华人民共和国成立以来，"扎根黄土地，亦取养于土地，食不可缺"的袁隆平埋首农田，躬耕不懈，以亩产破千的杂交水稻解决了有史以来最为棘手的粮食问题，使广大人民更有气力投身社会主义建设；"年过古稀未伏枥，犹向苍穹寄深情"的"牧星人"孙家栋刻苦钻研航天技术，从"东方红一号"到"嫦娥一号"，从"风云气象"到"北斗导航"，60 多年来在太空升起数十颗星，以熠熠"北斗"为中华、为世界指引方向；"放眼浩瀚海洋，绘出一道道时代航线"的新青年叶聪将"蛟龙"从图纸化作潜海重器，直下千丈探索深海极限，使中国成为继美、法、俄、日之后第 5 个掌握大深度载人深潜技术的国家；"用愚公精神创造生命奇迹"的八步沙"六老汉"和他们的后人，先后治理荒漠近 40 万亩，筑成了一条防风固沙的绿色屏障，让风沙线倒退了 15 公里，有效地遏制了沙进人退的被动局面，他们凝聚的精神脊梁，撑起了八步沙的一片晴空，书写了一段悲壮、豪迈、可歌可泣的故事……

改革开放以来，中华民族逐渐在时代的激流中站稳脚跟，不惧博弈与竞争，屹立于世界民族之林。这盛世辉煌的背后，是无数英杰才俊、星火青年，将青春、血泪尽数挥洒，以愿景梦想绘制祖国蓝图。他们逆着时代洪流，将崇高的理想、追求融入爱国主义精神，以己身诠释着时代命题，代代传承，至于不朽。甘肃文化出版社与读者传媒期刊中心携手打造的"故事里的中国印象"系列丛书，以全方位展现中国共产党成立以来的辉煌成就为出发点，通过讲述大量充满温情、感人肺腑的中国好故事，大力宣传"时代楷模""最美人物"等先进典型，全面展现全国人民齐心协力实现中华民族伟大复兴的历史画卷，展现在党的正确领导下，民族独立、国家富强、百姓安居乐业，中国正式踏上实现民族复兴梦想的伟大征程。本丛书共 10 册，包括《锦绣河山万里》《追寻一缕时光》《丹心挥洒新愿》《盛世绘就梦想》《我为祖国代言》《一生终于一事》《福顺只须修来》《不忘初心归去》《岁月如此多娇》《家国处处入梦》。丛书里的每一本书都从一个小侧面反映中国共产党成立 100 年来祖国大地上的巨大变迁，用一个个温情的小故事来讲述普通人为之奋斗、为之拼搏、为之努力的人生。

《锦绣河山万里》收录了 41 位作者从不同的视角描绘的 41 座不同历史、不同个性的城市发展变迁历程，这 41 座城市各具特色，风格鲜明，映射出那一方水土孕育的独特人文风貌，更体现出国家日新月异的发展变化。

《追寻一缕时光》以大量真实、贴切、温情的经典故事，展现各行各业的代表人物对行业发展及自我生活工作经历的回顾，以小见大，以点到面，展现中华人民共和国发展繁荣的历史画卷。

《丹心挥洒新愿》讲述了祖国建设各条战线上开拓创新的动人事迹，展现了全国人民创新创业、奋发作为的历史画卷。

《盛世绘就梦想》收录 25 位从 1949 年起在各行各业有贡献、有影响、有成就的人物，他们是造就盛世辉煌的践行者和见证者，通过本书我们将引领广大读者一起触摸历史、展望未来。

《我为祖国代言》讲述在海外工作、学习的中国人心怀故土、矢志不渝的爱国情怀，展现一个个奋斗不息的人生历程，一个个充满爱和理解的家庭，讴歌积极向上的人生态度和爱国为家的良好传统。

《一生终于一事》选取《沙漠赤子》《破希望》《来自乡村的寒酸礼物》等 35 个故事为广大读者展示普通人摆脱贫困，争取幸福生活的奋斗历程。

《福顺只须修来》讲述新时期和谐忠厚、和顺亲睦的中国好家庭，倡导以爱齐家、以德治家的中国好家风。收录有《父亲和书》《外婆这样的女人》《浓淡父子间》《乖小孩》等几十篇带着浓浓亲情且有温度的文章。

《不忘初心归去》选取了三十余篇关于理想、关于奋斗的文章，展现了企业家、科学家、工人、教师等各行各业的人们坚守理想，矢志不渝，最终走向成功人生的故事。

《岁月如此多娇》通过一个个平凡人的小故事，带领读者走进他们的幸福，感受平凡生活中的温暖，展现新时期老百姓幼有所育、学有所教、劳有所得、病有所医、老有所养、住有所居、弱有所扶的幸福生活画卷。

《家国处处入梦》通过一个个渗入灵魂深处的小故事，展现中国人民矢志不渝的爱国爱家情怀，弘扬新时代的爱国主义精神。每个人的灵魂深处对于家国都有不一样的情感，对于军人，家国就是他们保卫的那片边疆；对于农民，家国就是他辛勤耕耘的那块土地；对于作家，家国就是他心中最美好的存在。

　　忆往昔峥嵘岁月，看今朝锦绣河山。回首中国共产党成立的100年，华夏神州留下了太多的变化奇迹。国家经济快速、平稳、健康发展，曾经的低矮、陈旧已经被眼前的崭新、繁华所取代，绿意婆娑的公园、鳞次栉比的高楼，商贾市集，车水马龙，一派勃勃生机。一个个梦想的实现，一份份成就的辉煌，无不彰显着每个人心中的"中国梦"。

　　时光恰好，岁月丰盈！让我们和这个时代一起绽放，也伴随着这片神奇土地不断成长。

本社编辑部

2021 年 5 月 20 日

## 目录 CONTENTS

# "嫦娥之父"欧阳自远：
# 中国人不能止步于月球

◎ 冯　在

欧阳自远，著名天体化学与地球化学家，中国月球探测工程首席科学家，被誉为"嫦娥之父"，中国科学院院士、第三世界科学院院士、国际宇航科学院院士、中国科学家协会荣誉会长。现任中国科学院地球化学研究所研究员、中国矿物岩石地球化学学会理事长、中国地质学会副理事长、中国空间科学学会理事长与空间化学委员会主任。SCOPE、IGBP 和 ICL 中国委员会副主席、常委与委员。

欧阳自远长期从事地球化学、天体化学、比较行星学、地外物体撞击地球诱发生态环境灾变与生物灭绝等研究。

2014 年 11 月，为弘扬欧阳自远的学术贡献和科学精神，一颗由国家天文台施密特 CCD 小行星项目组于 1996 年发现并获得国际永久编号第 8919 号小行星，被命名为"欧阳自远星"。

从 2013 年 12 月 15 日开始，中国探月工程首席科学家欧阳自远院士又一次过上了"月球时间"。这天凌晨 4 时 35 分，嫦娥三号着陆器与巡视探测器成功分离，"玉兔号"月球车正式开启月球之旅。我就嫦娥三号有关问题发邮件向欧阳院士请教，在简短的回复里，他这样写道："在第一个月球的白昼，我只能集中全部精力探测月球，2014 年 1 月 23 日以后的月夜，我们再讨论相关问题。"

2014 年 1 月 25 日，嫦娥三号着陆器和巡视探测器相继进入月夜休眠状态，上面的部分仪器暂停工作。之后，我如约来到国家天文台欧阳自远院士的办公室。

## 中国人为什么要登月

欧阳院士已年近八旬，却保持着健朗的身体与活跃的思维。两个多小时的聊天里，他对遥远太空中的许多星球如数家珍。时间和空间的屏障好像都被打破，遥远空间和时间里那些陌生星球的故事，在欧阳院士的讲述中，亲切得犹如邻里间的家常话题。

中国人为什么要登月？在很多场合，欧阳自远都会被问到这样一个问题。

"中国人的目标是探测整个太阳系。登月只是个开始，好比一个门槛，你要拜访邻居，先得跨过门槛。虽然我们现在还没能力去探测那些邻居，但我们必须先走出去。"所谓"邻居"，指的是金星、火星等。

面对公众，欧阳自远的回答形象而生动。但在 20 世纪 90 年代中期，欧阳自远等人在论证探月计划时，却远非这么简单——反对的声音从未停止过。

有人说，国际上已经近 20 年没有任何国家探测月球了，美国的"阿波罗计划"当年何等威风，后来也没了下文，可见劳民伤财。

也有人说，美国与苏联在月球探测方面已做了不少事情，中国人再做，也不会比他们做得更高明。既然这样，何必还要去做呢？

这些质疑，不只来自公众，也来自部分专业航天人士。

支持欧阳自远的人也不在少数。时任中国工程院院长徐匡迪就曾公开反驳对探月必要性的质疑。他说："如果按照反对者的逻辑，对国外一切先进的东西都不必学习、借鉴和研究，那我们今天还在坐牛车、住茅草房。而且，如果中国人自己不做，那就只有买了，可月球能买吗？月球资源、月球环境能进口吗？"

日后，在几所大学做报告时，欧阳自远多次说道："一个人一生当中，遇到各种挫折是难免的，我在做科学研究时遇到最大的困难就是不被理解、支持……有时候很伤心，眼泪往肚子里流，但我从来没有打过退堂鼓。"

有人把探月计划论证期间的欧阳自远比作战国时代游走于各国间的"名嘴"苏秦、张仪，面对科技人员、官员、企业家等不同的群体，欧阳自远准备了不同的讲稿。

有"劳民伤财"的质疑在前，在计算用于第一颗月球卫星的经费时，欧阳自远格外慎重：这笔钱必须是当前国家经济实力能够承受的，这笔钱投进去，还要通过探月卫星的发射，推动我国一系列高新技术的发展，同时培养、训练出一支月球探测队伍。欧阳自远最终匡算出一期工程的总经费为 14 亿元人民币。

在各地做报告解释这个数字时，欧阳自远常选择另一个数字作为参照：在北京，修建 1000 米地铁得花 7 亿元人民币，即用在月球探测一期工程的钱，只能在北京修 2000 米地铁。

经过一系列的论证、研究、争取，欧阳自远首次提交了中国开展月球探测的申请报告。

11 年后的 2004 年 1 月 23 日，时任国务院总理温家宝亲自批准，中国开始启动首次月球探测——绕月探测。

当天下午，欧阳自远就知道了这个消息。当晚，欧阳自远从家里拿来一瓶茅台酒，请跟随他的 4 个年轻骨干去一家餐馆小酌庆祝。他们高高举杯，欧阳自远更是激动得话不成句："我们所有的努力……都是为了今天，我们很……幸运。"

## 把手伸到了十万八千里外的天上

欧阳自远的科研生涯是从研究地质开始的。1952 年，欧阳自远高中毕业，在国家"开发矿业""地质是工业化的尖兵"的号召下，他成了北京地质学院矿产地质勘探专业的一名学生，并立志要"唤醒沉睡的高山，献出无尽的宝藏"。毕业后，他找过矿、学过核物理、参加过粒子加速器实验，等等，但在做这些的同时，他始终关注着卫星探测。

1957年10月，苏联成功发射了第一颗人造卫星。这给了地质专业研究生欧阳自远强烈的震撼——原来，人类最终是要跳出地球去了解地球的。

他随之萌生了"跳出地球"的想法："我想去做天上的东西，但怎么做，当时我并不知道。"

1958年，美国和苏联开始探测月球，1959年开始取得成功，之后越来越顺利。1961年，美苏开始探测火星与金星。他们发布的有关月球、火星与金星的新知识，欧阳自远都会认真学习。

"我想知道为什么人家要搞月球和行星探测，他们是怎么做的。那时，我总希望未来有一天，中国也有能力发射卫星，探测月球和其他行星。"他说。

1976年后，欧阳自远为月球探测做准备的想法日益迫切。"万一中国有一天可以进行月球探测，我就可以系统地提出中国该怎么走这条路。我觉得我的责任是要做好准备，假如我没有认真做好准备，就提不出像样的方案。"欧阳自远曾这样对媒体回忆。

欧阳自远长期在中国科学院地质研究所、地球化学研究所工作，他通过对陨石这一"天外来客"的研究慢慢靠近月球。

1992年，中国载人航天工程立项，欧阳自远很高兴——机会可能到来了！他认为，这说明中国具备了一定的经济实力，航天技术发展很快，再努一把力就可以上月球了。次年，欧阳自远提交了中国开展月球探测的申请报告。

但有人在背后嘀咕："一个搞地质专业出身的，手却伸到了十万八千里之外的天上。"

事实上，这也是欧阳自远被问过无数次的问题。

从得知人类第一颗人造卫星上天的那天起，欧阳自远就开始思考：如果把月球看作一个小地球，是不是也可以用地质学研究地球的思路、理论和方法来思考月球的问题？日后，他在很多场合重复自己思考的结果：完全可以用地质学的研究方法研究月球，包括月球的地形地貌和内部结构、月球的起源和演化、月球上有没有矿产、人类以后能不能加以利用，等等。

欧阳自远办公室的墙上，挂了三张大图：卫星遥感影像图、首次月球探测工程全月影像图和火星表面图。后两张尤其珍贵，那几乎是他一生的梦想，用十个字概括便是——到月球上去，到火星上去。

除了科研工作，他也执着于激活年轻人心中的科学梦想。除了著书立说，他一年中要进行四五十场演讲。针对不同的听众，欧阳自远准备了几十种版本的讲稿，光讲月球的就有 28 种之多。

关于探月工程，欧阳自远曾说过这样一段话："我觉得探月工程是国家的，也是大家的。人民有权知道为什么要搞这个，取得了哪些成就，下一步准备怎么做，花了多少钱，等等。所以我特别乐意向大家报告这项工程的现状和未来。"

# 中国人不能止步于月球

我现在的视野不光是一个月亮，我看到的是，在直径 10 万光年的银河系里，有 1000 亿个太阳这样的星球。所以在我眼里，满天繁星都是远远近近的"太阳"。但不是所有的星球都有生命，在一个宜居带上才可能有生命，只有在一定范围内的星球才是值得关注的。

美国航天局上一任局长说，假如中国人愿意的话，可以在 2020 年实现载人登月。

事实上，载人登月的时间有三个说法：美国人说是 2020 年；叶培健（绕月探测工程、嫦娥一号卫星系统总指挥兼总设计师）说是 2025 年；中国科学院召集了一批专家去讨论，建议最好的时间是 2030 年。后来开了几次国际会议，外国人最感兴趣的也是这个，我的回答是：目前中国还没有明确的时间表。

对于现在的我来说，如果要为中国青年科研人员做一场演讲，我很想讲的一个题目是"中国人要飞得更远，不能止步于月球"。这是我的使命，中国人也有能力飞得更远。

我希望能激发大家对科学的热爱和对宇宙的关注。我写过一本书《再造一个地球》，就是希望改造我们的邻居火星，把它变成一个适宜人类生存的星球，如果成功了，地球上至少一半的人可以移居火星。

我非常喜欢的一本书是两位搞天文学的科学家写的，非常有意思，《继续生存十万年，人类能否做到》。现在我们担心的都是

50 年或 100 年后，人类在地球上还能不能够存在。人类已经造成了环境污染、生态破坏、生物多样性锐减、全球变暖与海平面上升、资源匮乏等诸多问题，我相信人类能逐渐改正自己的错误，但要有个过程，我真的不知道 100 年以后地球会怎样。

但这本书从整个地球发展的角度，忧虑地球的命运，假如人类不好自为之的话，地球的活力将维持不了 10 万年。10 万年在地球的历史上相当于一天中的两秒钟。50 亿年以后，人类绝对不会只栖息在地球上，但是我们要弄明白地球的命运，所以我也准备写一本书，暂时命名为《地球之命运》。

地球上为什么有生命？地球的"先天遗传"，如大小、与太阳的距离等决定了地球的命运。50 亿年之后，地球内部的能量将全部耗尽，没有火山，没有板块运动，没有温泉，地球将非常安静，就是一块大石头，跟现在的月亮一模一样。月亮已经"死亡"了，它的活力在 30 亿年以前已经释放完了。所以，我要研究地球是怎么变化的，它有哪些特性，与它的兄弟姐妹——火星、金星等又有哪些共性。

现在科学家都在讨论地球曾经发生过什么，我们也已经知道地球的产生和演化的历程，但很少有人去设想地球的未来。所以，我最想问自己的问题，也是我一直在思考的问题：按照地球自己的规律，它的未来会怎样？

# "草原曼巴" 王万青

◎ 王 飞

王万青，男，汉族，1944 年 12 月生，上海人，1987 年 7 月加入中国共产党，大学文化，甘肃省玛曲县人民医院外科主任医师，玛曲县人民医院原外科主任，甘肃省地方病防治先进工作者，甘肃省民族团结进步先进个人，全国民族团结进步先进个人，2010 "感动中国" 年度十大人物，2010 年荣获第七届医师奖，被评为 2010 年十大 "陇人骄子"，中国共产党第十八次全国代表大会代表。

玛曲，藏语 "孔雀河" 之意。黄河从巴颜喀拉山发源，浩浩荡荡东下，在青藏高原东部边缘形成九曲黄河的第一弯，玛曲就被这第一弯所环抱。

42 年前的玛曲，草原上有黄羊飞奔，深山中有野兽出没。位于玛曲西南的阿万仓，平均海拔3500米，交通不便，气候恶劣。1968年，王万青告别大上海的繁华，来到美丽却贫瘠的阿万仓草原，为藏族同胞治疗病痛，在草原上扎下了根，再也没能回到家乡。

2010年12月，66岁的王万青被推荐为2010年度"感动中国"候选人物。

## 一路向西

1968年，24岁的王万青读完6年本科，从上海第一医学院毕业，面临分配工作。

王万青知道，城市工矿名额本来就少，自己身为班级领导小组成员，不能和同学争利。

凭着一腔热血，也为了证明自己对祖国的忠诚，王万青主动要求去甘南藏族自治州。

"那里地处高原，是少数民族聚居区，是比较艰苦的地方。"

1968年12月26日，王万青踏上了从上海开往新疆的52次列车。三天两夜，火车到达兰州。又换乘汽车，两天后抵达甘南。正值隆冬，外面冰天雪地，北国风光令他暗暗称奇。然而，初到异乡的新鲜劲儿很快被病痛驱散。住进州招待所，爱干净的王万青洗了头发，不料第二天就患上重感冒，一病20多天。向来自视强壮的王万青真切地领教了高原的厉害。

在甘南，来自全国各地的 100 多名大学生被分成小组参加劳动锻炼。

半年后，自治州给大学生分配工作。玛曲县条件最差，历来少有人去，出于照顾，没有安排名额。王万青向组织递交了决心书："既然已经来到甘南，就一定要去最艰苦的地方。"

## 阿万仓，马背上的曼巴

王万青怀揣介绍信，独自来到阿万仓。乡卫生院的简陋远远超出想象：只有 4 名员工，2 间破旧的土坯房，最值钱的医疗设备是血压计。乡村没有通电，靠煤油灯照明。王万青有些失望，不知道在这样的条件下，自己能做什么。

困难重重。语言不通，王万青请人将简单对话译成藏语，抄写背诵，方便与病人交流；没有燃料，他和当地人一样到草滩上捡拾牛粪，烧水、煮饭、取暖；无处求教，他托家人从上海寄来一套俄文版的《医学百科全书》。最难的莫过于改变自己的饮食习惯，学会接受糌粑、酸奶和酥油。事实上，直到现在，王万青还是喜欢甜食。

阿万仓地广人稀，牧民住所分散，为了熟悉当地情况，方便群众就医，王万青骑马出诊，为群众送医送药。

茫茫草原，踽踽独行。曾经从马上坠落，手臂脱臼；曾经掉进沼泽、陷入冰河；曾经抱病工作，直至完成任务，伏上马背，到家时已经极度衰弱。天光渐暗，四野静寂，七尺男儿也难免心生恐惧，害怕迷路，害怕野兽，也害怕本不存在的怪物。每当此时，唯有以歌声壮胆。

1971 年，王万青娶了藏族女子凯嫪，从此不再是异乡人。有了凯嫪做助手，王万青的出诊路上不再孤单，他的工作也更容易被藏族同胞接受。此时，他的藏语有了进步，骑术也大有长进，不但可以纵马奔驰，还能在马上甩起打狗棒——出诊途中，被野狗追、藏獒咬是常有的事儿。说到自己的骑术，王万青颇为自得："这可是很有难度的，因为可能打不到狗而打到自己，要是绊住马脚就十分危险。"

王万青曾经在牧民帐篷中，爬在牛粪堆上为难产的妇女做胎盘剥离手术；曾经在极其简陋的条件下，成功实施手术，抢救了一名被牛角顶穿腹部的藏族儿童。办公桌做临时手术台，100 瓦的灯泡加几把手电筒充当无影灯。是创新，也是无奈之举，风险可以想见。每一次，王万青都如履薄冰。

1980 年，王万青担任卫生院院长后，为全乡 3000 多人建立了门诊病历，使全乡 90% 的牧民有了自己的健康档案。为了改善卫生院的医疗条件，王万青用拨款购置了摩托车、发电机；为了提高救治能力，王万青自学了放射、心电图、化验等技术。他甚至学会了驾驶拖拉机，运送病人和药品。

王万青受到藏族群众的欢迎，他们亲切地称他为"草原曼巴（藏语，意为医生）"。然而，王万青对自己的工作并不十分满意：

"我觉得既然到了玛曲，就应该把玛曲的医疗卫生搞得像样一些，但那个时候各方面显然太差了。"在阿万仓的20多年，信息闭塞、交通不便、条件简陋、物资匮乏，发展谈何容易？应该说，王万青已经竭尽所能。

## 草原上的乡愁

无数个夜晚，王万青站在辽阔的草原上遥望东方。故乡的点点滴滴，时刻牵动着游子的心。王万青的父母会定期给儿子寄来《新民晚报》，即便收到时已经过期很久，王万青仍然会为家乡的故事激动落泪。

王万青是有机会回到上海的。1978年，研究生考试制度恢复，和很多年轻人一样，王万青希望通过深造改变命运。可是，当他开始复习功课时，发现凯嫪在悄悄抽泣。"凯嫪不可能跟我走的，她离不开草原。"思忖良久，王万青选择了放弃。

离家千里，无法在床前尽孝。父亲去世，王万青也没能赶回家乡，这给他留下了永远的遗憾。父亲在世时，曾送给王万青一只英纳格手表，叮嘱他每年一定要拿到上海去清洗一次。多年后，王万青才明白父亲的心意。

失落甚至绝望时，王万青把自己关在房间里读书，有时也会唱起忧伤的苏联歌曲——用俄语。"苏联歌曲里面都有故事，只有自己才懂。"凯嫪担心丈夫，却又不敢问，只好在门边静静守候。

2003年，因为身体状况不佳，王万青提前一年退休。退休后，王万青曾经两次回到上海，骑着自行车游览家乡。沧桑巨变，王万青欣喜之余也异常感慨。王万青的长子王团胜说："父亲每次回来总会谈起遇到了哪些熟人。我有时觉得父亲很可怜，他想念故乡，想念爷爷奶奶。也许他这一生太眷恋草原了，以至于老了才想起叶落归根，才觉得自己似乎应该是上海人。但岁月改变了一切，他只有通过故地重游来寻求一点情感弥补。"

## 幸福了吗

王万青从小习画，因为工作繁忙荒废多年。

退休以后，王万青又拿起了画笔，画下他心中的阿万仓草原：青山连绵起伏，湖泊星罗棋布，牛羊静谧，草色青青。经常有人劝说王万青回上海养老，但他知道，自己已经不属于那里。城市太过喧嚣，而他习惯了宁静的生活。

最后一次离开上海时，王万青对两个妹妹说："我以后可能不回来了，这就算告别吧！"那一刻，王万青不会忘记42年前的那个冬日：汽笛拉响，悲伤的列车缓缓启动，紧握在窗口的手被生生拽开，车内车外哭声一片。站台上，有人追着火车奔跑，有白发老人晕倒在地。王万青一阵心酸，默默许下誓言："上海，我一定会回来的！"他提醒自己要坚强，脸上却早已布满泪痕。

王万青不是没有想过，如果当初留在上海，人生会如何发展。

对于我们而言，或许是少了一个感人的故事，可是，如果电视机前一瞬的感动需要一个人牺牲一生去执着坚守，或许你情愿放弃这份感动。

我问王万青："你觉得幸福吗？"

王万青答："在物质方面，我没有办法和昔日的同学比。我的幸福在于没有虚度年华，做了一点事情。国家没有忘记我这个退休多年的老头，给了我很多荣誉。精神上的快乐，也应该是幸福吧！"

心态很重要，

如果摆正心态，关注过程而非结果，

即便在重压下，人也不会紧张，不会累。

盛世绘就梦想 /

# 邓亚萍：从"亚萍"到"部长"

◎ 一 盈

邓亚萍，1973 年生于河南省郑州市，原中国女子乒乓球队运动员。她 5 岁开始打乒乓球，1989 年首次参加世乒赛就夺得女双冠军。1992 年，巴塞罗那奥运会，夺得女子单、双打两枚金牌。1996 年，亚特兰大奥运会上，邓亚萍成为中国奥运历史上第一个夺得 4 枚奥运金牌的人。1998 年 9 月，邓亚萍正式退役。邓亚萍在 14 年的运动生涯中共拿到 18 个世界冠军，在乒坛排名连续 8 年保持世界第一。2010 年 9 月，邓亚萍任人民日报社副秘书长、即刻搜索总经理。

2016 年 6 月 9 日，邓亚萍宣布辞去人民日报社副秘书长职务；2016 年 10 月 29 日，经河南省人民政府批准，河南邓亚萍体育产业投资基金在河南省正式设立。

　　北京。在建筑物鳞次栉比的北四环上，中规中矩的奥运大厦绝不是最吸引眼球的那一座。但凭着楼体巨大的北京奥运会会标及门前矗立的奥运倒计时钟，北四环上川流不息的行人总会不自觉地仰头翘望。由此可以推断，几十亿双眼睛对于明年那场盛会的关注与期待，更可以推断出，所有当事人的紧张和压力。邓亚萍便是其中之一。不过，今天的她，在奥运大厦里，是被唤作"邓部长"的。

　　关于邓亚萍，过多笔墨显得浪费。在中国，没有多少人会对这个名字感到陌生。无论黄发抑或垂髫，几乎都能对她的经历道出一二。比如她年仅13岁便夺得全国冠军；比如她因身高问题在冠军道路上屡屡受拒；比如她连续8年独孤求败，开创神话般的"邓亚萍时代"；比如她两次担任中国申奥形象大使，从蒙特卡洛到莫斯科，一败一成，8年光阴，弹指即过。

　　往事如烟。尽管那个束着马尾，浓眉大眼，霸气十足地握着球拍，仰天长啸"SA、SA"的冠军形象早已成为过去，但经典恒久远。于是，当一袭干练职业装、一脸精致妆容、一头时尚短发、一身优雅女人味的她出现时，任谁也不能不疑惑、惊讶，继而啧啧赞叹：真漂亮！

　　今天的她，是一位妻子、母亲，还是政协委员、奥运村部副部长。尽管初为人母，她却无暇享受天伦之乐。奥运大厦配楼里，她的办公室普通至极，唯一抢眼之处便是那张洁白的单人床，被褥叠得整整齐齐。我问她："这张床的使用频率高吗？"

"我希望不高，但很遗憾，不是。"

很多人告诉我，在他们心目中，提及"邓亚萍"，想到的依然是那个矮小霸气的"乒坛女皇"，看到现在的我，用了"充满女人味""干练气质"等词语，认为从"亚萍"到"部长"，这是一场蜕变。但事实上，改变的，是社会角色的不同；不变的，是从小到大，从打球到工作，有一种原则始终坚持，即决定的事情，一定认真把它做完，做到底。关注过程，而非结果。

这种比较淡定的风格，可能与公众的想象反差较大，不太符合公众对我的认识。很多人认为我是一个非常在意结果的人，我的个性标签是"不服输""争强好胜"。恰恰相反，我坚信过多地考虑结果，肯定会患得患失，肯定输球。打球时，我讲究的是"尽力"。既然没有后悔药吃，只能尽力打好每个球，不太在意输赢。恰恰是这种心态，令我在重压之下，依然超脱。

除了"好强"，我还有一张标签，那就是站在球台前"霸气十足甚至是凶狠"的目光。我认为做运动员，就应该有场上的霸气、拼到底的狠劲儿及意志力。这正是体育之美，是一种通过身体机能展示给世人的人性美。

从球场到职场，从台前到幕后，从运动员到奥运村部副部长，"世界冠军"的身份对我的职业生涯有双重影响。反面影响是，大家看待运动员，更多的是怀疑，认为运动员"头脑简单，四肢发达"的大有人在。还有一些人会想，邓亚萍的名气这么大，她好不好接触，架子大不大？总之，很难享受到与平常人同样的待遇。

正面影响是，运动员是通过多年磨炼打造出来的群体，无形中，胸怀祖国的意识会比其他行业的人强很多。另外，运动员很能吃苦。竞技体育超越极限，运动员的基本素质是韧性及意志力。目前，我最看重的一点是团队精神。我们在运动队长大，天天面对输赢，朝夕相处的队友既是对手也可能是搭档，人与人之间的关系非常微妙。比如乒乓球，中国队最强，全国比赛最难打，队内比赛更难打。对手就是队友，搭档可能就是最大的敌人。可想而知，这种关系多么难以处理，也算是一种锻炼了。我不敢断言，运动员在人际交往方面一定比同龄人强，但起码我们很早就接触到"与人相处"的准则，很早熟。

英语中有句话叫"choose the tough one"，中国人说"天将降大任于是人也"。王者之路一定是艰难的，邓亚萍的尤甚。从踩着砖头下巴才及球台高的 5 岁女童到独领风骚近 10 年的"乒坛女皇"，峥嵘往事，冷暖春秋，这其中，又怎一个"tough"了得？

我 5 岁便开始打球，因为身高问题，在通往"国手"的道路上屡屡遭拒，能走到最后，靠的是倔强地坚持。从某种程度上说，这种倔强，是一个运动员成为冠军的必要条件。竞技体育里，运动员的确需要某些异乎常人的潜质。比如我们不轻易认同的个性，宁愿自己去尝试，哪怕撞到南墙头破血流再回来。

体育界里，一些杰出的选手都有同样的个性：敢搏。一个很好的例子是李小双。1996年亚特兰大奥运会时，他有两个难度的动作可供选择：第一种是有十足把握的动作，能完成却拿不了冠军；第二种是基本没有成功过的动作，完成了就能拿冠军，当然，如果完成不了，便全盘皆输。当时，他和教练商量了很久，选择了第二种。最终他成功了，拿了冠军。

当然，这是一个非常极端的例子，但好的运动员一定是"敢搏"的。比如乒乓球，打到关键球时，你敢不敢搏，敢不敢进攻？我们常说"艺高人胆大，胆大艺更高"，要知道，"敢"是不容易的，"豁出去"很可能令前面的付出毁于一旦。但是如果不搏，一味保守，那是没有出路的。

打球多年，我取得了一些成绩。（注：10多次获得世界冠军，在女子单打项目中连续8年排名世界第一，获得过4块奥运金牌。）有不少人很好奇，当金牌与冠军成为生活常态时，如何还能保持初时的斗志与激情。之所以取得这样的成绩，是因为我经历了常人难以想象的磨难。因为太难、太坎坷，所以我会比任何人都更珍惜今天来之不易的机会，不可能轻易放弃任何一块金牌。

别人印象中的领奖台上的我，可能是冉冉升起的国旗及笑中带泪。还有人说，她印象最深的是在亚特兰大奥运会上，我泣不成声地说："太难了，太难了！"我不是那种受了委屈把自己关起来哭的人，可站在领奖台上却会忍不住流泪。因为那是瞬间爆发，平常一直默默忍受，一旦彻底解脱时，恨不能找个无人的地方痛痛快快哭一场。

现在看运动员领奖，我也常常哭，我完全感受得到他们所付出的艰辛。所以体育是最能感动人的，这是体育的精髓。

也有人说之前世界乒坛有所谓"邓亚萍时代"，觉得我牢牢占据王者地位近10年，成为世界乒坛共同的研究对象，或者说是"众矢之的"，肯定会有"高处不胜寒"的感觉。中国乒乓球的现状是"世界打中国，中国打世界"。在国家队，球队主力必须经受别人对你的研究，早已经习惯了。我的朋友不少，但并不在队里。队里的关系太微妙，很难有好朋友。

当运动生涯达到巅峰时，她毅然选择退役。此举一出，举世哗然，不仅球迷震惊，就连国际奥委会前主席萨马兰奇都深表遗憾，因为他始终期待着自己能在退休前为她颁发第五块奥运金牌，共创一段体坛佳话。

巅峰时，我选择急流勇退。很多人都说，如此洒脱的"放弃"，发生在一个年轻女孩身上，令人难以想象。这是因为有一些智慧的朋友，教会我抛开眼前利益，站在长远宏观的立场上考虑问题。当时，以我的积分，技术上只需维持现有水平就可以保证冠军地位了。但由于伤病，后期训练非常痛苦，我时常想，继续这项运动还有多大意义？

恰好，我又听到一些朋友对冠军的全新诠释：真正的冠军不是为了金牌，而是要把最精湛的技术展现给观众，让观众欣赏到乒乓球的最高水平。这个观点令我一下子跳了出来，上升到另一个境界。我认为，既然是世界第一，就应该让观众欣赏到世界第一的真正水平，而不是简单的比分。一旦超脱了，自然也就放下了。

退役后，我又一次选择了一条艰难的道路。当时，我以26个英文字母都拼不全的底子去攻读清华大学英语专业。刚开始时，因为没有任何基础，学习压力非常大，头发大把脱落，还被同学们戏谑为"非人类"。好在多年运动员生涯令我的自控能力、意志力超乎常人。只要列入计划的事情，不管主客观原因，我都会严格按计划行事。应该说，我是对自己比较苛刻的那种人。

保送去名牌大学深造，是国家对优秀运动员的保障或者奖励。有人质疑：相比普通学生，运动员取得的学业文凭，到底有多少含金量？这个不好评价。我觉得文凭固然重要，关键还是看能力。"是骡子是马，拉出来遛遛。"别去跟别人比学位，应该比谁的知识能够最大限度地转化为生产力。

细数奥运冠军退役后所从事的职业，我们会发现生活的戏剧性。比如乔红当了教练，李小双下海经商，而我成为奥运村部副部长。造就如此迥然不同的命运的，取决于个人的价值取向、人生目标以及机遇。比如李宁，就因为当时市场机遇比较好，所以成就了"李宁"品牌。我的契机是退役时恰好被中国奥委会推荐做国际奥委会委员，所以才有机会为奥运工作。

从 19 岁获得第一块奥运金牌到与萨马兰奇主席成为忘年交；从连续两次担任中国申奥形象大使到今天的奥运村部副部长；从一名稚气未脱的女球员到在剑桥大学攻读"奥林匹克品牌"的女博士，"邓亚萍"这个名字，与"奥运"有着太多的联系。

奥运圣坛显然是一个无比艰难的金字塔，能登上塔尖的只有寥寥数人。在中国，运动员兼顾个人发展与体育竞技确实是一个非常大的工程。退役运动员面临再就业难题绝不是中国特色，而是全球性问题。事实上，中国所提供的保障相对来讲算是非常好的了，但我们还需要给运动员提供更多保障。简单来讲，不光要提供上学机会，还要提供工作机会。

上半年，网上一则新闻引起不小的风波：昔日的全国冠军沦落为今天的搓澡工。我们也都听说了。最近，由李宁出资，我们作为发起人成立了"中国运动员基金"，就是希望给那些无法得到妥善安置的运动员一些资助。

我曾经两次担任中国申奥形象大使，经历了失败与成功，心情非常复杂，太不一样了。在蒙特卡洛时，我的英语水平基本为零，但到莫斯科时，我就能够用英语写陈述稿了。至于我们国家，8 年时间，我们的综合国力与国际地位也都提升了太多太多。

一路走来，我是"生命之弦始终绷得很紧"的人。就连我的搭档乔红也说，她非常佩服我，但不会像我这样，因为太累了。

有时候当然觉得累，也会给自己放松，但都是有度的。我是一个不会放纵自己的人。另外心态很重要，如果摆正心态，关注过程而非结果，即便在重压下，人也不会紧张，不会累。

记者手记：邓亚萍忙得很。那天，在清华礼堂演讲时，一位女生用电影《无间道》形容她，她却一头雾水地反问："什么是《无间道》？"引来满堂哄笑。

她就是如此忙碌，以一种不可思议的方式。据说，她的爱车停在车库里积了厚厚一层灰，她的爱子经常看不到妈妈的影子，她甚至不懂如何发手机短信。因此，当我递交采访提纲时，仅仅抱有1%的希望，但她却很快给了我100%的承诺。采访安排在20天后，20天，对于一位忙得一塌糊涂的公众人物而言，充满太多变数与可能。结果却是出人意料的顺利，在约定地点，她如约而至。

于是，我不得不相信她始终如一的原则：计划性与自控力。但凡列入计划，她再不患得患失，做，便是唯一——无论她是"亚萍"还是"部长"。

我现在虽然已经不再是一名支教老师了，
但我会从身边的小事做起，
把志愿服务当成一种生活。

盛世绘就梦想 /

# 徐本禹："志愿"是一种生活

◎ 张笑阳　张雯淇

　　徐本禹，山东聊城人，1999 年考入华中农业大学，2002 年 7 月到贵州省大方县狗吊岩村支教。2003 年春天考取华中农业大学硕士研究生后，主动申请保留学籍，再次来到地处贫困山区的贵州省大方县大水乡大石村大石小学支教。他的义举经媒体报道后，受到了全社会的关注，后当选为"感动中国"2004 年年度人物、2005 年"全国十大公益之星"。2005 年 9 月，他回到华中农业大学继续学业。

　　不少人问我，从一个普普通通、默默无闻地去贵州贫困地区支教的大学生，到"感动中国"年度人物，再到形成"徐本禹品牌效应"，现在又回归到一个普通学生的生活，会不会有失落感。其实，我选择去贵州支教的原因很简单，就是希望去帮助贵州山区的孩子们，圆自己一个支教梦，也没有想到自己会成为"感动中国"的年度人物。特别是媒体开始报道的时候，我很不适应这种生活，曾经独自一人坐火车到武汉找同学谈心，缓解心中的压力。我也曾经因为媒体的报道过多，耽搁了教学，自己变得很烦躁。

当我结束支教生活回到校园的时候，我一直把自己当作一个普通学生，虽然总是有人认出自己："看，这就是徐本禹！"我还是感到不习惯。我也希望能够像他们一样，做一个普通的大学生。

不过，媒体和公众的关注会让更多的人了解志愿者，了解志愿者所从事的事业，让社会对志愿者有一个更加全面的认识，同时可以提高整个社会的志愿服务意识，这样会有更多的人参与志愿服务。当然，压力也会随着媒体和公众的关注而产生，但有压力是正常的，有压力的原因是自己把志愿服务看得很重，希望能够做得更好。

成为一个榜样或者楷模，必须具备什么样的品质？我认为那些在平凡的岗位上，长时间默默无闻地奉献着自己的青春与汗水，取得优异成绩，并得到老百姓认可和赞许的人们都是楷模和榜样。

我曾经支教的华农大石希望小学有一位让我非常感动的叫高丽的女老师，我认为她就是我学习的榜样。她初中毕业后就在大石小学教书，到现在已经7年了，是那里教龄最长的代课老师，其他老师走了一个又一个，留下来的只有她一个人。每天我都能够看到她背着孩子给学生上课的背影，听到她那洪亮而有磁性的声音。高老师中午不回家吃饭，还要打一筐猪草。当她割草的时候，她那还不到2岁的儿子就坐在一边望着妈妈，他不哭，也许他知道妈妈很苦很累。

大山深处，肯定还有很多像她这样默默盛开的"红杜鹃"。每当我抱怨生活的时候，我就想起这些可敬的代课老师，觉得自己应该知足，要把他们当成镜子，经常照一照自己。

这几年来，我参与、组织了一些义务支教工作，给当地带来了一些变化，比较直观的变化就是当地有了新的校舍，有了长期支教的志愿者，特别是今年，学校有了一名正式老师。学校还有了新的图书室、电脑、投影仪，学生可以在山区里感受到现代化教育的气息。随着教学环境的改善和教学水平的提高，学生的数量也增加了很多，由原来的110多人，增加到现在的200多人。学生变得比以前开朗了，不像原来那样见到外来人就躲起来，而是主动和他们进行交流，并且说的还是普通话。

支教的意义远远大于支教本身。通过支教活动，更多的人了解到了贵州贫困地区乡村小学的办学现状，通过社会上好心人的帮助，当地的教学状况发生了质的变化，思想观念也发生了变化。现在家长都希望自己的孩子好好学习，以后走出大山。

志愿服务，也让当地的老百姓感受到社会是充满关爱的。正是有了爱，才有了大石村现在的一切。所以，我希望能够有更多的本科毕业生加入志愿者的行列中，我也希望那些考上研究生的同学能够成为其中的一分子，哪怕只是抽出一年的时间。在贵州的两年，我经常被幸福与泪水包围，总是被一些事情感动着，而这些都是在城市中无法收获到的。贵州艰苦的生活条件也磨炼了我的意志，我相信以后无论遇到怎样的困难，我都会更加从容地面对；支教经历也让我更加了解我国西部农村的现状，让我对农民多了一层感情，对国家多了一份热爱。

据统计，国内现有的大大小小100多家慈善公益组织所掌握的资金总额仅占国内GDP的0.1%。比起美国120万家免税慈善基金组织、掌握6700亿美元、占到GDP9%的资金规模，我们显得很单薄，很多人都在讨论中国人缺乏慈善心和慈善的传统、机制等问题，但我认为中国人并不缺乏慈善心和慈善的传统，缺乏的是一个联系捐助方与被捐助方的有效平台或渠道。大石小学就是一个例子。在媒体报道以前，大石小学以及周边小学的办学条件一直很简陋，媒体报道以后，大石小学和周边小学的办学条件发生了翻天覆地的变化，其中民间助学力量发挥了很大的作用。

在中国的慈善组织中，民间的公益性慈善组织所掌握的资金总额很少，而且都在起步阶段。探索民间慈善公益性组织的长效运行机制，并不断发展壮大，是一个值得关注的问题。随着经济文化水平的不断提高，人们慈善意识的进一步加强，中国的公益性慈善组织会越来越多，掌握的资金也会不断地增加。

有人说现在的大多数志愿者只是在奉献青春，青春能燃烧多久呢？烧光了以后又如何呢？就我所了解的，有一部分志愿者服务期满以后就留在了当地，他们把自己的青春都献给了他们所热爱的土地。即使那些只服务了一年或两年的志愿者离开了服务的地点，但更多的志愿者接过了他们手中的接力棒，并一棒一棒地传下去。志愿者身上的闪光点必将会被放大，进而唤起更多人的志愿服务意识，推进志愿者事业的不断发展壮大。

我现在虽然已经不再是一名支教老师了，但我会从身边的小事做起，把志愿服务当成一种生活。

现在国家正在加快新农村建设，我的研究生专业也与此有关。可以说支教也只是解决了一部分人的问题，要从根本上改变农村的落后面貌，带动农村各个方面的发展，我们需要做的事情还有很多。从2003年开始，团中央开始实施"大学生志愿服务西部计划"，号召大学生到西部去，到基层去，到最需要的地方去建功立业。除此之外，有些省份也有自己的志愿服务项目。大学生除了可以从事支教外，还可以从事支农、支医和扶贫等志愿服务。我认为广大青年学生应该转变观念，主动深入基层艰苦创业，为农村输送新鲜血液，这样必将会加快新农村建设的步伐，所有这些都给大学生提供了实现个人价值的大好舞台。

虽然我现在已经回到了学校读书，但却无法静下心来，总是牵挂着在贵州支教的志愿者、当地的老百姓和我所支教学校的学生们。当我看到广场上有说有笑的同学，看到自习室里心无旁骛认真读书的同学，我很羡慕他们！所以，我支教时回母校做报告，说"我很孤独，很寂寞，内心十分痛苦"。我不止一次地想把支教的事情先放一放，专心地补习功课，但总是割舍不下。我想，它们已经融进了我的生活，成了我生活中不可分割的一部分。

我对着镜子说"谢谢你，成龙"，

感谢自己什么呢？

我感谢自己撑得住，这么勤快，这么坚持。

盛世绘就梦想 /

# 成龙：还没长大就老了

◎ 王 飞 刘 燕

成龙，1954 年生于香港，中国香港男演员、导演、动作指导、制作人、编剧、歌手。1971 年以武师身份进入电影圈，1978 年以电影《蛇形刁手》《醉拳》确立功夫喜剧的动作风格。2012 年被美国《纽约时报》评为"史上 20 位最伟大的动作影星"第一位；同年被吉尼斯世界纪录大全评为"表演特技最多的演员"。2016 年获第 89 届奥斯卡终身成就奖。

演艺事业外，成龙热心公益事业。2003 年当选感动中国十大人物，2004 年担任联合国儿童基金会亲善大使，2006 年入选《福布斯》全球十大慈善之星。

获得采访成龙的机会，没有记者是拒绝的。我们当即订票赶赴北京，而同一天，作为全国政协委员，成龙刚刚结束"两会"

的工作，开始筹备新书《还没长大就老了》的制作和宣传。

历数采访过的明星大咖，成龙应该是我们最熟悉的一位。许多年前，我们和无数孩子一样，在小城光线昏暗的录像厅里看《飞鹰计划》《我是谁》；难得去一回电影院，只因为上映的是《白金龙》《红番区》；为了看成龙的电影，我们曾经厚着脸皮，去邻居家里借当时还很稀罕的 VCD。

当身着黑色羽绒服的成龙向我们走来，那一刻，记忆与现实重叠。没有想象中的明星派头，看上去只是一位有些倦意的大叔。这是位于北京东四环外的一个摄影棚，当天下午，成龙要在这里为他的新书拍摄封面照片。几分钟后，成龙换上蓝白格的衬衣开始拍摄，一旦进入工作状态，他马上充满活力，气场全开，正是那个我们熟悉的成龙。

看得出，成龙的工作氛围是很轻松的，摄影棚里放着他的歌，有女孩子跟着大声唱。美女摄影师盯着镜头里的成龙，指挥他摆出不同的姿势："大哥，要开心一点儿，就是像'duang'那么开心。"一阵哄笑。

两小时后，照片拍摄完毕，我们去化妆间见他。成龙换上了黑色 T 恤，带着招牌式的微笑，健硕的肌肉令人印象深刻。成龙很健谈，讲述往事时生动有趣，说起家人会显露温柔。聊起电影的时候，他会不时地比画几个武打动作，出拳很快，"啪啪啪"，这仿佛是一个提醒：面前这位亲和力十足的"大哥"，就是那个在好莱坞星光大道留下手印和足印的功夫巨星。

## 为什么是成龙

成龙的新书名叫《还没长大就老了》，这很容易让人联想起那首很红的歌《时间都去哪儿了》。成龙说："其实不是我想出书，是墨墨（作者朱墨）想出。三年来，她跟着我到处去做宣传，听我讲了很多事情。她认为这些故事很好玩，说想帮我写。"他乐意提携年轻人，认认真真讲故事。

这个法国驻香港领事馆厨师家的孩子，经历过不为人知的贫苦、挫折、伤痛和屈辱。

成龙 7 岁拜师习武，每天清早 5 点起床练功，晚上 12 点方得休息；15 岁做武行，每天清晨 6 点跟着师兄去等工，车子一开动，就说明今天有工作了，去片场挨打，可以赚到 5 块钱。

在这样看似无望的日子里，无数武行在片场摸爬滚打，为什么只有成龙一步步成长为国际巨星？

同样是拍片，成龙会在片场琢磨"镜头怎么摆，场面怎么调度，动作怎么控制，跟导演和演员怎么沟通，这才发现里面有好多学问"。凭着聪颖好学，成龙 18 岁做武术指导，22 岁做导演。

李小龙去世后，功夫明星断档，很多电影人试图打造出第二个"李小龙"，但没有一个成功。在这股风潮的驱动下，成龙拍了一系列冷血、愤怒的复仇角色，虽意识到那不是自己的目标和方向，但人微言轻，除了听从公司调度，别无他法。功夫片随即陷入低谷，年少轻狂的成龙空有一身力气却无处打拼，一度去做水泥工和餐馆招待。

幸运的是，成龙找到了适合自己的电影风格。

"我希望去演那种小人物，他们也有很多缺点和无奈，他们不是万能的，更不是什么大侠或英雄。"这个想法，如预言般贯穿于成龙的电影生涯。

全球取景、精彩动作、商业喜剧，这是成龙开创的电影模式。在电脑特效几乎无所不能的今天，成龙仍然坚持每一站都是实景，每一招都是真打而不用替身。

我们看过太多成龙拿命搏来的精彩瞬间：拍《龙兄虎弟》时，他从树上摔下，头撞在一块石头上，血从耳朵里喷出来，做开颅手术，九死一生；拍《警察故事》，成龙从30米高的地方腾空跃出，抓住商场大厅中间挂满圣诞彩灯的立柱滑向地面。滑落的过程中灯泡闪烁爆裂，玻璃与火花一起飞溅，落地完成武打动作时，成龙已经失去理智，好像疯掉了一样，转身对着大家，用力嘶吼："啊——"林青霞、张曼玉、化妆师、服装师……所有人都在哭。而那些被放在片尾引大家开怀一笑的 NG 镜头，记录的也多是成龙的伤痛。

在电影《十二生肖》的片尾，成龙说过这样一段话："每一次做危险动作都会很怕，会想很多事情，有些可能就是我人生的最后一个镜头。"如今，61 岁的成龙还要翻滚腾跃，因为观众进电影院，就是要看只有成龙能拍的电影。这是信任，也是甜蜜的负担，有时候，他也觉得"蛮痛苦的"。

## 成龙的处世哲学

成龙总说自己是个大老粗，没读过书，所有的处世哲学都是从生活中慢慢积累的。他信"岂能尽如人意，但求无愧于心"；他信"宁人负我，我不负人"；他信肯尼迪的那句名言，"不要问国家能为你做些什么，而要问你能为国家做些什么"。他信努力，信自己一步步去走，一定会被别人看到，就像"成家班"的信条："We don't ask why, we just do or die.（我们从来不问为什么，要么做，要么死）"

他超级勤奋，白天忙完工作，晚上回家还要跑步、练功；他有深深的自知和自省，希望自己是个会动作的演员，而不是一个会演戏的打星，这样职业生涯才会更长久。

他极度自律。21岁那年，他体检查出胆固醇超标，因为当时英语不好，身在美国的他点餐只会点汉堡包和可乐。从那时起到现在，成龙吃快餐、喝碳酸饮料不超过5次。

他推崇情谊，在歌里唱"对情谊我肯弯腰"。很多时候，我们会惊讶于被所有人称作"大哥"的成龙的交游广阔与人缘之好。百余位明星大腕为他的新书写下一句话序言，包括李宁、姚明、马未都、姜文、舒淇、周迅、谭咏麟、吴彦祖、古天乐……

这个从维多利亚山顶走出来的小孩越走越远，他说："在全世界飞来飞去，有时一觉醒来，要想很久才知道身在何处。睁开双眼，再也不会有矮矮的屋顶、局促的格子间。"

他的世界，越来越大。

## 巨星亦凡人

成龙说自己其实是一个普通人，只是敢做一些不普通的事而已。

他犯过错，也在一路成长。曾经挥金如土，现在做慈善，做电影艺术馆，希望年轻人可以透过电影看到过去年代的样貌；曾经"犯过全天下男人都会犯的错"，携手经历风风雨雨，终于认定林凤娇是自己一生所爱；曾经享受众星捧月的感觉，又狂爱工作，总是泡在片场，现在想来，觉得对不起自己的家人。

2015年年初，成龙录了一段视频，对儿子说："儿子，好久不见。老爸还是像过去一样去工作了，就像你小的时候，老爸在拍戏，很久才能见你一次，每次见你，你都会比上一次长大很多，也成熟很多……我想告诉你，老爸没有生你的气。我年轻的时候也犯过错，犯了错，改了就好。接下来你要像个真正的男子汉，坚强独立地去面对应该面对的一切……无论怎样，我和你妈妈是你永远的后盾。等你忙完，我也收工了，我们全家一起过年！"

在网上看过成龙为儿子剪发的照片，寓意"从头开始"，父爱满满，温情动人。那一刻的成龙，不是头顶光环的巨星，不是众人拥戴的"大哥"，只是一个平凡的父亲。但他依然没想要安安稳稳待在家里，守着家人——他是成龙，可以做很多别人做不到的事情。

已经61岁了，还有好多片子排队等着他拍；已经不能像年轻时那样一次踢五脚了，那就一脚一脚来踢。还是要拼，还是要拍只有成龙才能拍的电影。

时间过得真快啊，还没长大就老了。

## 我一直如此，没有变过

你们应该看得出来，我的工作氛围挺欢乐的，现场一直有笑声。工作是很枯燥的，如果我严肃，每个人都严肃。那我就开心一点儿，把气氛带起来，大家听听音乐，在现场永远是这样的。除非今天有一个很繁重的工作，我就会思考，就会很严肃，但通常我都会很开心。

有人说"duang"是2015年的第一个网络流行词，我在转发微博的时候也用了这个词，很多网友点赞。以前人家恶搞我，我会蛮生气的。现在不会，你打我一拳，我一闪（侧身），就让过来了，我自己跟你玩下去了。谁知道一玩，变得那么红，我也不知道为什么那么好笑，我真的不懂现在的年轻人，"90后""00后"他们玩的东西，跟我们完全不同。现在有很多词语，我就不懂。

这种八卦新闻我都不看的，就做自己应该做的事情。

我马上要出一本书《还没长大就老了》，我也不是要通过这本书去赚钱，只是想，我以往的事情，包括做武行的事情没什么人知道，那就把一些我年轻时候的故事做个记录吧。等我百年以后，别给人家乱猜，老是瞎编故事。

很多人特别诧异：年少轻狂、一掷千金、和舞女交往……在书稿中看到这些，他们很吃惊。这么坦白，难道不担心被过度解读？

但在我看来，如果担心这个担心那个，那就别出书，别讲话，什么都别做。

我们这些公众人物，说出一些话来，一些抱着不良心态的记者，就专门在等这一天你们讲了什么，"可给我抓到一个东西"，这样很多时候，我们都不敢讲话了。我们真的很无奈，不说你不会错，一说就错了。但是这本书就是讲我自己心里的话。

现在人家在网上批评我，比如最近的《天将雄师》，就有人说，成龙怎么拍这样一部主旋律的电影。事实上，这是我花了7年时间完成的一部电影。

那天在记者会上，有记者说，现在有人说你拍主旋律的片子，拍爱国的片子。爱国有罪吗？我就是爱国，怎么了？请你们看我以前的片子——《龙少爷》《A 计划》《师弟出马》《神话》……都是讲爱国、爱文物这些东西。我一直都是如此，没有变过。

## 现在是要口碑的时候

我一直想拍一个关于消防员的电影，为什么想拍这样一个题材呢？我对消防员，对警察，都有一种情结，我总是想拍一些这样的电影。

接下来还有很多片子在等我，我也想退休不做了，有点儿累了。但是这些片子都是我自己想拍的，就想完成这些片子，结果越想越多。

我曾经说过，现在不缺钱，也不求利，说不定哪天开着自己的飞机就跑了，就退休了。可是现在还有这么多的片子排队等着。我的很多朋友，包括我的爱人都讲，你这么拼命干什么，歇一歇吧，你也不缺钱。

现在对我来说，片酬就随便了，你给得出手我就拿，只要我喜欢这个剧本。有好的剧本，比如《大兵小将》《十二生肖》，我自己投资来拍，我投了几亿。很多人说你有几亿还投资电影干什么，我是觉得好玩。我希望百年之后留一些东西给电影界，不要说电影界，留一些东西给我的家人吧。

你们看得起我，把我的电影摆在博物馆，或者是电影的教科书里；看不起我，就留给我的孙子，他可以很自豪地说，他的爷爷曾经拍过这些片子。

如果是想赚钱，我不如现在就拍《醉拳3》《十二生肖2》，一定赚钱。但是我一定要超越自己，我就要拍《天将雄师》，接下来拍消防员。现在很多人不在乎有没有口碑，就是要赚钱。我现在宁可不赚钱，也要口碑，现在是要口碑的时候。

除了口碑，也是一种个人表达。每个人应该用不同的途径，为世界、为国家、为人类做点儿事情。

我在政协跟他们讲，你们用画、用笔去讲爱国，我不会，我只能把我想讲的话，用电影的形式给你们看。电影传播很快，"duang"一下子在全世界上映，人家一看就知道我在讲什么。比如《天将雄师》，里面就是讲维和、共存、化敌为友，这就是我要在电影里讲的话。

我已经61岁了，在别人看来，我不可能永远像年轻时候那样拍动作戏，但未来，我还是要拍动作片，类似《天将雄师》这种动作片，我还可以拍五六年。《十二生肖》那种，可能铆足劲儿一年拍一部还行，因为我的基本功很好。而且接下来挑的剧本，并不是"小鲜肉"那种让女孩子爱我的角色，而是符合我自己年龄的。比如拍消防员，我以前演消防员，现在一改，我已经是消防队的队长了。我可以拍类似《飓风营救》那种片子，连姆·尼森可以拍，我当然也能拍。

现在科技这么发达，拍动作片很容易的。比如美国，每个演员都可以成为动作片的明星，而且他们的动作比我们好太多了。你看那个"美国队长"，他们做起来太简单了，电脑特技太厉害，效果很好。

可是对观众来讲，他们不喜欢看成龙拍这种电影，我演的

Captain China（中国队长），他们会看吗？不会看的。成龙就要做成龙应该做的，跳一个台子观众觉得不错，我61岁了还要跳台子，所以我蛮痛苦的。

我一直拍动作片，那么中国的动作片，跟好莱坞式的动作片相比，竞争力在哪里？真正拍动作片，只能拍我这种动作片跟好莱坞竞争。

我们在拍一些片子的时候，不要再飞起来了。现在好像每部电视剧都在飞，这就不好玩了。《醉拳》为什么可以受到全世界的欢迎，因为我真的是打给你们看的。飞起来的动作片太容易拍了，但站在地上真正地打，一个镜头下来是非常困难的。所以要跟好莱坞电影媲美的话，就不要再飞了。你不飞人家就知道中国功夫是这样子的，你一飞就假了。因为飞的东西、特技的东西，我们拍不过外国人。

## "谢谢你，成龙"

我一直觉得，自己是一个负责任的父亲，但不是一个好父亲。说实话，很难说回答，作为父亲能给子女最好的是什么。就是我现在这样子，每一件事情负责任地去做。我觉得我是一个非常负责任的父亲。

如果我每天送儿子上学，看着儿子做功课，陪老婆去菜市场买东西……我并不认为这样的我是一个好父亲。我说的是我，不是别人。我有这个能力，很难两全其美。因为我为很多人做事，而不是为他们（爱人和儿子）两个做事。而且我知道他们过得很好，就算我死了，他们会无忧无虑地过下去。我不需要每天陪着他们，他们知道我在做什么。你问我儿子他是不是以我为荣，他一定讲以我为荣。

我儿子演过一部电影《男儿本色》，有很多危险的武打戏，很多人觉得他也特别拼，觉得是受了我的影响。我相信他想去做，但是只想没有用，你做不到就是做不到。我也想写毛笔字，但是我写不了。他也想做，但是做不了。因为那部戏有谢霆锋，他看谢霆锋做，他也做。而且那部戏是"成家班"做武术指导，他就很有信心。

在《天将雄师》媒体答谢会上，我对着镜子说"谢谢你，成龙"，感谢自己什么呢？我感谢自己撑得住，这么勤快，这么坚持。真的，今天我完全可以退休，不要再让人家指指点点，不要在网上被人骂，不要再面对媒体，也不要有那么大的压力。我太有资格环游世界，每天吃香的喝辣的了，今天我为什么还这样做？就是因为坚持。但我坚持得很开心，我被人家骂，也感觉很开心，觉得自己还有存在的价值。比如你在网上写一句话，看有没有人骂？没有人理你。

但是我讲一句话，就会引起轰动，会有一帮人支持我，有一帮人反对我。我为了避免"战争"，尽量少讲话。你看《天将雄师》，就是讲"以和为贵"，我这个人就是这样的。所以对着镜子谢谢自己的坚持，而且我在不断地学习，通过你们，也包括影迷，学习是无止境的。

也有人说我现在是继姚明、刘翔之后

上海这座城市在体育领域新的领军人物了，

其实不会，

从项目影响力来说，我的项目远不及他们。

我不会把社会和国家的压力强压在自己身上，

会继续做简单的自己，

收获自己的帆船及人生乐趣。

# 徐莉佳：大海上的一叶帆

◎ 艾国永

徐莉佳，2012 年伦敦奥运会帆船激光雷迪尔级女子单人艇金牌得主，伦敦奥运会中国代表团闭幕式旗手，2012 年度国际帆联最佳女运动员。

上海被网民戏称为"魔都"，这座城市确实魔力十足，在体育领域贡献了姚明、刘翔这样的领军人物，更早还有一代跳高名将朱建华，而新近崛起的则是帆船运动员徐莉佳。

与姚明、刘翔一样，徐莉佳思维敏捷、口才极好，相比前两位，她的谈吐之中又多了书卷之气。她是运动员、奥运冠军，但她天性喜静，爱好读书，是资深"宅女"。

与姚明、刘翔不一样的是，徐莉佳从事的运动在国内与大多数人无缘。

在美国参加比赛后，她曾接受了一位美国记者的采访，被问及姚明时，她说："他可是中国最有名的运动员。"记者就在报道中写到，虽然徐莉佳为中国拿下了第一个奥运级别的帆船冠军头衔，英语比姚明还棒，但"这并不意味着她回家后会成为又一个姚明"。不知怎么回事，这篇人物采访被转来转去，最后成了"徐莉佳被美国媒体誉为'女姚明'"，但徐莉佳态度明朗："我比姚明还差得远着呢，一个天一个地。"

对于荣誉，她始终清醒；对于训练，她认真刻苦。她身体条件并不出众，甚至有缺陷，命运多舛的她注定要比他人付出更多。12岁时，她随队在福建东山进行外海训练，遭遇暴风雨突袭，她与队友在波涛中挣扎了两个多小时才安全上岸；2004年雅典奥运会前夕，她左膝关节长了个小肿瘤，在医生、父母和教练的劝说下放弃奥运会，接受手术。她并不是一个循规蹈矩的运动员，曾因向往自由离队出走，却终究没有离开蓝海白帆。她的运动生涯正如大海上的一叶帆船，随着波涛跌宕起伏，历经风浪，却始终把稳舵盘，最终抵达胜利的彼岸。

这个与大海战斗的女孩，最大的敌人其实一直是她自己。

## 身不适，信仰灰，乃敢与帆绝

2012年伦敦奥运会，徐莉佳夺得帆船激光雷迪尔级女子单人艇金牌，这是中国代表团获得的 38 枚金牌中的一枚。但是意义不止于此——徐莉佳打破了欧美国家在帆船项目上对冠军长达百年的垄断。

然而，2011 年的那次出走如果成功了，就不会有这枚金牌。

那年的 4 月 17 日，中国帆船帆板队即将出征法国参加比赛。教练、领队突然收到了一条内容相同的短信：“身不适，信仰灰，乃敢与帆绝。失守信，丧众望，愿承千古罪。万念灰，自流浪，无须再牵挂。心洗净，身康复，再与君相会。”

这条文采飞扬的短信是徐莉佳发的。2008 年北京奥运会后，她进入上海交通大学读书，过上了丰富多彩、自由浪漫的学生生活。

碧海蓝天、白影孤帆是普通人对这项运动的想象。可是，长年累月在海上待着，浪漫的感觉早就被枯燥的训练所取代。很多帆船队队员都有过晕船的经历，看水看得时间长了谁都会晕，更别说每天对着同一片水域，重复着同一个动作。海水的腐蚀性很强，训练时队员要穿上长袖长裤的训练服，戴上帽子，可是海水还是会溅到身上，上岸洗完澡后，皮肤有时还会往外渗盐……

再度从校园回到大海，成天进行枯燥乏味且艰苦异常的帆船训练，徐莉佳觉得难以适应，于是想到了逃避。家人、教练、领队都急坏了，寻找行动马上展开，最后惊动了北京、上海两地的警方。

尽管如此，徐莉佳还是不想回来，直到看见了爸爸的一条留言：“佳，不管怎样，看到留言打个电话回家，跟妈妈报声平安。”

这次，徐莉佳听从了亲情的召唤，收起了自由的翅膀。有时，小小的出格举动反而能加速个人的成长。归队之后，她调整好心态，加倍地投入到艰苦、认真的训练当中。当她战胜了自我时，她也就战胜了世界。2012 年伦敦奥运会帆船激光雷迪尔级女子单人艇金牌终于成为她的囊中之物。

国家体育总局水上运动管理中心主任王渡认为，帆船是欧美人的强项，徐莉佳的突破意义重大，对水上项目在世界领域的均衡发展起到了很大的作用。王渡说："徐莉佳很有个人魅力，她的整体素质比一般运动员高一个档次。"王渡"高素质"之论是有根据的——徐莉佳出走时群发的短信已经让人领略了她的古文功底，而她更为外界所称道的是她的英文水平。

## 不会英文就拿不到金牌

"帆船给了我追逐梦想的机会，给了我展示潜力的舞台，也让我得以看到、感受和探寻这个世界。帆船让我走上一条更加美好的充满活力、激情和欢乐体验的道路。"这是徐莉佳在当选 2012 年度国际帆联最佳女运动员之后的获奖感言的一部分，她当时以一口流利的英文进行现场演说，并且完全脱稿。

CCTV 体育频道记录了当时的情景："颁奖典礼当天，盛装出席的徐莉佳用流利的英文进行了 3 分多钟的感谢演讲，她用自己的故事讲述了一段奋斗的历程，描绘了自己内心的成长，更由衷地感谢了帆船所带给她的一切快乐。这段演讲让台下很多资深的航海人大为感动，他们没有想到一个如此年轻的女孩可以体味到帆船如此深刻的内涵，成为一名真正的女航海家。"

在此之前，在伦敦奥运会夺金之后，BBC 记者用英文向徐莉佳提问："你之前的犯规有没有让你在比赛中感到紧张？"徐莉佳立刻用英文作答："所有的队员都会紧张，我要做的是朝着自己的目标努力，好好表现，争取好成绩。"问题回答得滴水不漏，同时，徐莉佳出色的英文水平也让 BBC 记者大吃一惊。

徐莉佳的英文水平高在中国水上运动项目中是出了名的。帆船运动发端于国外，最先进的训练理念、技战术都是英文写就的，与裁判交流也需要掌握英文。帆船比赛有赛后进行抗议的仲裁环节，运动员可以阐述自己的观点，或者邀请当时在一旁的运动员和裁判当证人。如果不能清晰地用英文表达自己的理由自然会很吃亏，而徐莉佳是唯一敢在比赛中和外国裁判对话的中国选手，曾经有几次独立向裁判申诉成功。"如果自己没有较好的英语水平，伦敦奥运会上的金牌是拿不到的。"徐莉佳这样总结。

## 我感激身体的每一部分

在常人眼中，运动员都应该有强壮、完美的体魄，但以此为标准，徐莉佳可能不及格。左眼远视，看东西模糊不清，几近失明；右耳天生听力有缺陷，只有普通人听力的一半；左膝关节曾因肿瘤开刀；在伦敦奥运前的一次训练中，左手掌不慎粉碎性骨折。

　　这就是徐莉佳有点儿异于常人的身体条件，上帝发给她的牌并不好，但她打得足够精彩。

　　因为听力有障碍还闹过笑话。一次教练指导训练时大声喊话："将舵柄挺高一点！"海风里的徐莉佳听成了"将肚皮挺高一点"，不禁十分纳闷："将肚子挺高干什么用啊？"上岸之后，她把疑惑讲给大家，大家都乐坏了。

　　"我已经很幸运了，我有还算健全的身体。我感激我身体的每一个部分。"在接受采访时徐莉佳这样说。

　　在大众眼中，在伦敦奥运会夺冠的那一刻是她人生的"高光时刻"。我们国家参与这个项目的人很少，相信这个冠军的获得会推动这个项目在我国的发展。


　　回想当时，比赛开始不久我就一直牢牢占据第一的位置，但作为运动员，我不能去想冠军已经到手了，这样注意力会分散，会出现大大小小的失误。我一直在自我暗示：做好当前。直到冲过终点时我才高举双手，大声呼喊庆祝了一下。

　　我没有想过自己会成为中国代表团在伦敦奥运会闭幕式上的旗手。我的项目在中国特别冷门，我都不在闭幕式旗手的候选人名单中。我当时没有住在伦敦奥运村，而是住在距离伦敦250公里的一个小镇上，最后一天回伦敦，准备从伦敦乘机回北京，这时接到一个电话，告诉我成为旗手的消息。

当时的感觉跟我之前参加过的一些运动会的开闭幕式差不多。体育场太大，看不到很好的画面，现场的精彩程度还不如看电视。当然，现场是感受气氛的好地方，五湖四海的人共庆历史时刻，分外地振奋人心。闭幕式很像一个大杂烩式的演唱会，站累了我就平躺在场地的草坪上，闭上双眼听着歌声，听着人群的欢动和掌声，这一切太美妙了！

有人问我，如果你是国家体育总局的领导，你为什么选徐莉佳当闭幕式的旗手？（笑）我自己不会那么去考虑。一方面，我在帆船这个项目上取得了重大的突破，获得我国乃至亚洲的第一块奥运会帆船金牌，向全世界发出声音，中国人、亚洲人可以在欧美的强项中有所作为，而帆船这个项目在国际上的影响力是很大的。

关于身体本来不想说太多——我不会去提身体上的缺陷，但是我爸妈、教练在接受采访中不经意地透露出来，媒体把它扩大化了。我不能否认，就坦然接受。大家会说徐莉佳挺不容易的，在身体有缺陷的情况下突破重围，扫清绊脚石，一步步登上了世界之巅。让我当闭幕式旗手，可能也想通过这种方式用我的故事激励更多的人。

可以说，身体上的障碍并没有影响我积极地面对人生。我已经很幸运啦，我有还算比较健全的身体。我感激身体的每一部分，不会因缺陷而抱怨——可能小时候会。我现在要以积极、乐观的眼光面对生活，每天睁开双眼，快乐总是比痛苦多。与真正的残障比起来，我有什么可抱怨的呢？

奥运会夺冠之后，确实变化挺多。我天性喜静，是资深"宅女"，爱躲在家里，不爱出门。奥运会后肯定需要改变自己，不能光为自己活，说得大一点，要为帆船而活。我要让自己变得外向，多与媒体交流。与此同时，我结交到了不同领域的社会精英们，以一个实习者的身份向他们学习。

说起来，从伦敦刚回来的时候，与外界的太多交流让我有些困惑、烦躁。慢慢地，我往好的方面去想，这不是锻炼自己口才的好机会吗？

也有人说我现在是继姚明、刘翔之后上海这座城市在体育领域新的领军人物了，问我有没有感受到来自这方面的压力。其实不会，从项目影响力来说，我的项目远不及他们。奥运会是非常好的平台，平时是没法通过电视机看到我的运动的点点滴滴的。我不会把社会和国家的压力强压在自己身上，会继续做简单的自己，收获自己的帆船及人生乐趣。

这种比较轻松的心态可能很多人觉得不可思议——中国运动员往往被金牌压弯了腰，很少有这种思维方式。我会这么想，不是因为这个项目与西方接触比较多，毕竟跟老外也没有太多的交流。我热爱帆船，帆船项目环保时尚；我热爱书籍，跟他人学习可以反观自我。我不是特别有天赋的人，但比较自律，自控能力非常好。做自己喜欢的事情才会倾尽全力，而帆船给我带来了很多快乐。

跟社会上的许多大师、学者相比，我微不足道，差距太大了。

运动员必须多学习，学习对提高运动水平帮助很大。只有通过学习、读书，才能进行更加科学的训练，才能提高训练的质量。一天到晚只是训练不仅没有乐趣，也很难提高。15 年的运动生涯让我少了很多投入学习的时间，知识不是那么渊博，因而更加渴求知识，我会珍惜训练之外的点滴时间，用来学习和看书。

关于自律，我想谈一点，比如学习。英语对帆船运动是有帮助的，是一门工具，但学习很枯燥，需要有很强的控制力，背单词，背课文，跟着复读机反反复复地读。有些人三分钟热度，热度过了就放弃了，但我努力做到坚持，慢慢地有了学习的乐趣——比如能跟老外直接交流就很有成就感。

我想要学习的东西会设定好目标，不用教练督促就会很自觉地完成。我是个比较固执的人，我认定的事情一定要去做，没有认定的事情再怎么也做不了。我有固执的一面。

至于是否会参加 2016 年里约热内卢奥运会，我不敢打包票（笑）。我会一直划下去，一生一世，帆船是我的爱好，但能否以竞技者的身份参加，取决于我那时候的心理和身体状态。父母希望我早日成家，我 26 岁了，再一届就 30 岁了。帆船是自己的舞台，难以割舍，在身体条件允许的情况下，我会尽量延长自己的运动寿命，但如果退役也不会遗憾，精彩的生活会继续下去。

借这个机会，我想感谢自己的团队，是他们打下了我夺冠的基础。奥运会之后，我要感谢所有的媒体和"粉丝"，媒体在报道我的同时也是在帮我推广和普及帆船这项运动。谢谢你们！

我从来不完美。干吗要完美？

我根本不把完美当作目标。

电视其实是一个放大器，把优点缺点全部放大。

人是非常聪明的，假装或者伪饰一个另外的自己，

既不可能，也没必要。

盛世绘就梦想 /

# 杨澜：蝶变·勇于优秀

◎ 一　盈

杨澜，1968 年生于北京。中国电视节目主持人、媒体人、传媒企业家、慈善家。1990 年至 1994 年担任中央电视台《正大综艺》节目主持人，之后赴美深造，之后加盟香港凤凰卫视，开创中国电视第一个深度高端访谈节目《杨澜访谈录》，1999 年担任阳光文化影视公司董事局主席，2005 年，杨澜创办了《天下女人》。

2001 年应邀出任北京申办奥运会的形象大使，代表中国做申奥陈述，后参与主持 2008 年北京奥运会和残奥会开闭幕式。现还担任联合国儿童基金会首位中国形象大使。

优秀需要勇气吗？

两年前，杨澜应母校哥伦比亚大学之邀主持世界女性领袖峰会，与会者包括约旦皇后拉妮雅、加拿大前总理兼国防部部长金·坎贝尔、阿联酋经济和计划部长卡斯米……

"她们的眼神流露出沉着、智慧及不刺人的锐利；她们的穿着精致得体，有一种不张扬的优美；她们说话条理清晰、用词精准……然而多数情况下，人们还是怀疑女性领导人的能力。"

比如卡斯米参加一个国际峰会。步入会议大厅，一位工作人员问她："你们部长怎么没来？""我就是部长。""您？您在开玩笑吗？"

比如当金·坎贝尔就任北约成员国第一位女性国防部部长时，谈判对手竟表示：跟一个女人谈军事让他很不习惯。"没关系，你会习惯的。"坎贝尔笑着说。

那么杨澜呢？"Dare to Excel."（勇于优秀）的确，优秀需要勇气。只是障碍多不来自外界，而来自内心。女人为什么不敢优秀呢？为什么不把内心的套解开呢？"她一连串反问，标志性地微笑着，波澜不惊。

此时，正值北京俏丽初夏。窗外是王府井大街，过眼繁华；窗内是阳光媒体投资办公室。在这里，杨澜的身份是"主席"。然而，她不强悍，不凌厉，恬淡从容，一如窗外5月暖阳。小沙发里，她轻松坐着，姿态随意；时有妙语连珠，率性大笑；时有静默，眼神沉静如水。

女人四十，她清新依旧，皮肤好得出奇，没太多化妆，服饰太过普通，白衣旧仔裤，一枚简单婚戒，旧了，锋芒褪尽，朴素安详。

采访杨澜时，四川汶川大地震刚好过了 24 小时。彼时，通讯中断，国殇未卜，见面纷纷心有余悸地问："地震时你在干什么？"

"我在公司开会，突然投影屏幕剧烈晃动，起初还以为信号受干扰，后来发现桌上的水杯也动了……"

"惊慌吗？"

"没有，只是在想——我看大会议桌还算结实，是不是该率领大家躲到桌子底下？"

然而几个小时后，任何人也轻松不起来了。受难人数不断增加，余震接连不断……再次寻找杨澜，已经无法联系，只能通过博客追踪：她建立了汶川孤儿救助基金，主持赈灾活动，飞赴灾区看望灾民……

这一切，都是发生在 48 小时内的活动。如此迅速，令人惊诧。于是，恍见那颗被优雅外表掩饰的内心，刚毅而果断。或许这便是一个女人的固执成长，从青涩到丰盈，从柔弱到强悍，目光笃定，脚步坚实。

关于成长，杨澜选择"蝶变"：破茧，层层剥离。从央视名嘴到寒酸留学生；从清纯女生到商界女才；从政协委员到慈善家……短短十几年，她的"蝶变"令人瞠目，甚至令另一位优秀女人陈鲁豫望"杨"兴叹："她那高度，我达不到，太难了。"

然而心有多不羁，世界便有多粗粝：流言蜚语，商业受挫……政协会上，她的提案被网民讥讽"空洞无物"；无偿捐赠阳光权益的 51％ 时，谣言四起；推出《天下女人》时，被批跳"摇摆舞"；甚至她的幸福与否，从再披婚纱的那一刻起，便成为永不过时的八卦之一……

我们看得到她的修养，曾经出离愤怒，但渐渐学会不辩。或许历史自有分辨，而行动高过一切巧言。2008 年 2 月，"中国职场女性榜样颁奖盛典"上，盛大舞台，一袭华服，她喟然长叹："每个女人，都有这化蝶的一刻，完成一次蜕变，让世界大吃一惊，而这种痛只有她自己知道。"

到底有多痛？

这当然是相当隐私的话题，优秀女子更耻于把伤口示人。确定的是：当"阳光"遭遇滑铁卢，夫妻两人彻夜长谈，经常谈到凌晨四五点钟。"我的感受不会对外人表现，只有对我丈夫，心会敞开。"

多年前，先生慎重写下："与她相约，今后若在烦恼尘世中耐不下去了，便一同再来桑托林，把灵魂掏出，放在碧海净水中洗一洗。"

旧话重提，她感慨良深："是啊，我们都要有自我清洗的能力。即便铅华历尽，我们的眼睛仍可以很干净。"

聒噪天地，知音是谁？《杨澜访谈录》6 岁了，她戏称"采气"："几乎从每个人身上，都采集到营养。"比如刚在美国采访游泳冠军迈克尔·菲尔普斯，本以为年轻男孩没有太多阅历分享，甚至因时差昏昏欲睡。而采访结束，精神顿时为之一振："那脸上、身体每个细胞写着青春、顽强、好胜及竞争态势，单单这种情绪都是非常好的营养。"

还有席琳·迪翁。父亲去世那天，席琳没有取消当晚于拉斯维加斯的演出。在最痛苦的一天，为了纪念父亲，她唱的歌却是"what a wonderful world"（《多么美妙的世界》），演唱中，泣不成声。

身为著名主持，听到这段往事，仍有泪光涌动。或许是为席琳的坚强而哀愁，更为自己的幸福而感恩。那天，儿子在餐桌旁宣布："爸爸是妈妈最粗壮的根，外公是最坚硬的根，外婆是最细密的根，还有我和妹妹，现在还太嫩，不过可以输送快乐！"于是，幡然醒悟：一棵树，根系越发达，才能长得越高。

一次被记者追问："如果选择一种植物，自己最像什么？"思量许久，说："杨树吧，没有松树的坚强，也没有柳树的婆娑，独株成林都不难看。"结果，大幅报道出来："杨澜——杨树一般的女人。"

莞尔一笑。杨澜是什么？重重蝶变，暗饮独伤，无非就是寻找杨澜。人生说到底是寻找自己，生命没有终止，谁又敢说找到了自己？

2008 年春天，我作为奥运火炬手在三亚享受完 200 米，很多人可能还对我 1993 年泪洒蒙特卡洛记忆犹新。15 年过去了，中国要开奥运会了，围绕我的声音却两极分化。有人认为我是女性偶像，另一种却认为曾经的清纯女生如今高高在上，太过优秀，不复可爱。我只是觉得自己好好长来着。我原先也没对自己设立远大理想，只想有一份喜欢并能为之感到骄傲的职业，现在也在这样做。人不是为了让别人感觉可爱才成长，而是因为必须要成长。我觉得女性的成长恰恰要克服一点：太在意别人的评价。小时候当乖女孩，上学做乖女生，工作中讨同事喜爱……然而，终于有一天会明白，我们不可能在所有时间讨所有人欢心。这时，最安全的做法恰恰是——做真实的自己。忠于自己，不吝惜付出，不害怕得到，同样也要不害怕优秀。

这么多年来，我一直在变化。从央视到美国，从传媒到经商，从文化到慈善……为什么要给自己这么多改变？我觉得这是本性。从我个人来讲，就是要用有限的生命探究无穷的可能。世界本来就是无穷的，如果再不探索，这辈子不很亏吗？（笑）改变也是寻找自己的过程，通过成功、失败、接纳、拒绝……寻找一个真正的自我。有一句话我引以为知己："翻越历史，我们问'为什么'，放眼未来，我们问'为什么不'。"这是肯尼迪弟弟鲍勃说的，非常精辟。为什么不试一试呢？会有什么损失呢？

现在我也还在继续寻找自我。人生苦短，就是说，很多人找一辈子也不见得找得到。但我要享受"找"的过程。找到找不到是运气，但如果不找，运气也不来啊。

有人可能会说，今年你40岁了，还在寻找自己，不惧怕岁月和衰老吗？没有危机感吗？第一，40岁根本就不老，对吧？第二，为什么惧怕年龄呢？我觉得最好的办法是从年轻时就开始积累自信。其实我主持《正大综艺》时就有很强烈的危机感了，这和父母的教育有关。上大学时，父母常对我说："女孩子要有真才实学，不要靠青春吃饭。"回头想想，我的危机感不是在40岁产生，而是20岁就有的。20岁时我常想，用什么办法才可以令自己到40岁、60岁甚至80岁时，不因年龄的必然增长而感到恐慌呢？于是，我从20岁时就开始做这个准备了。而且我觉得到了40岁，很多事情好像才刚摸到门。你知道我对是否年轻有两个定义，第一，是不是开始"抠门"了？第二，你怕不怕发生改变？我不怕，而且一直追求改变，哪怕到70岁。

我曾经很多次提到张曼玉的眼睛：非常单纯。《凭海临风》中，我也提到过，先生吴征正是因为一双明亮的眼睛打动了我。我特别相信眼睛。我觉得一个人可以很成熟，很有社会经验，但不一定就要有一双混沌的眼睛。你知道我采访过王光美，我相信她经历过人世间最丑恶最悲惨的事情。但你看她老了，那一双眼睛却是很美的，很纯净的。我觉得眼睛是一个人心灵的写照，不在于你经历过多少。有些人，可能什么也没有经历过，但那眼睛却早早浊了。面对一个人时，细细观察他的眼睛，你能够看出一些东西。

世上大概有三类事决定我们是谁：完成的事、不做的事、想做却没有做成的事。走到今天，我完成的、不做的事情大家都看在眼中，想做却没有做过的事有哪些呢？其实我没有做过用身体去冒险的事情。比如我不敢蹦极，如果哪一天导演把主持人逼到悬崖边让往下跳，我一定不跳，宁愿不当主持人。（大笑）所以我会对探险的人都有一种莫名的崇拜，比如一起申奥的王勇峰，这次他又登珠峰了。比如英国动物学家珍妮·古道尔，为了研究黑猩猩，她在非洲丛林里生活了十几年。据说她每天野外考察前，必须把刚刚出生不久的孩子锁在笼子里，以防被野兽抓走。可能我内心希望更冒险一些，但自叹没那个胆量。

先生吴征经常说我是他最好的朋友。在我看来，爱情有时也是一种义气。但义气只是爱情一方面，爱就是爱，不能被替代。我不觉得过了多少年，婚姻就是左手摸右手，没感觉了。不会啊……没有啊……（笑）我们现在也都很好，很相爱。我先生是一个大开大合的人，很大气，常对我说，我们俩这一辈子攒钱有什么意思？你应该去做自己认为有价值的事情。

采访袁立时，我被她一句话所触动："可能你现在看到我真实的一面，可里面究竟有多少修饰成分，我也要问问自己。"我们常把那个喋喋不休的"我"当作真实的自己，为之困扰。袁立这句话，令我很尊重。她意识到那个"她"，有可能正在做着种种修饰，但这不就是人性吗？

甚至曾经有人问过我：近20年来，你通过荧屏所展现出来的如此完美的公众形象，到底有多少修饰的成分？但其实我从来不完美。干吗要完美？我根本不把完美当作目标。首先要装，十几年大概也装不像。因为从我开始做电视时，就发现电视其实是一个放大器，把优点缺点全部放大。人是非常聪明的，假装或者伪饰一个另外的自己，既不可能，也没必要。但我觉得，也不应该要求一个公众人物把他所有的个人空间敞开，应该允许某些修饰的可能，包括不回答某些问题的权利。

今天的我被加诸了许多称号："女性榜样""女性领袖"，但对我来说，其实没什么压力，因为那仅是评奖的说法而已。不过我们去年倒真做了"中国职场女性榜样"的评选，当时大家质疑"榜样"这个词，说太老土了，这是一个个性多元化的时代，干吗要树一个榜样？后来我们找到了一种合理的解释，即所谓"榜样"的意义不在于让大家成为他，而是成为自己。

有人告诉我，中学时看我主持的《正大综艺》，妈妈常指着电视说："看，这就是你的榜样。"这实在是太招人恨了。还好今天的父母，多数不会再指着电视中某个人对孩子说："这就是你的榜样。"我觉得这就对了。我觉得做自己是非常幸福的事情，我们很多痛苦是因为老想成为别人。但透露一点，有两种情况会令我非常骄傲，第一就是一些年轻人对我说："杨澜，我就是受了你的影响，辞掉不喜欢的工作，从事喜欢的职业。"这时我就觉得："啊，真棒！"还有一种情况就是，因为受我的影响，一些年轻人进入了传媒领域。

相关链接：2008年5月14日杨澜正式发起成立"汶川大地震孤儿救助专项基金"，这个设立于中国儿童少年基金会名下的专项基金，在一周时间内已收到捐款达1000万元。此项基金的定位和特色体现在：第一，母爱抚慰；第二，心理重建；第三，经济救助；第四，全程服务。

在娱乐时代，

高雅音乐变得越来越尴尬并且边缘化。

选择这一行，常常感觉无奈。

**盛世绘就梦想 /**

# 戴玉强："我不是世界第四"

◎ 一 盈

戴玉强，1963年生于河北文安，男高音歌唱家，国家一级演员，北京大学歌剧研究院、中国音乐学院、解放军艺术学院等院校的教授，帕瓦罗蒂的亚洲唯一弟子。1989年年底，戴玉强考入总政歌剧团。1999年，在第7届全军文艺汇演中获戏剧表演一等奖。2004年3月，获"中国戏剧梅花奖"。2007年11月，获文化部第十二届文华奖表演奖。

坦白来讲，对于"戴玉强"这个名字，我和你们一样，既不熟悉，亦不陌生。我知道他是帕瓦罗蒂的弟子，知道他被誉为"世界第四男高音"，除此之外，再无他话。而这，便是在中国，高雅音乐的寂寞与哀愁。

作为老帕钦点的得意弟子，戴玉强的"吨位"没有师父大，但走起路来依然虎虎生风。

　　的确，即便没有帕瓦罗蒂，没有传说中的"世界第四男高音"，在奢华的歌剧舞台上浓墨重彩了数十载，他举手投足间早有一种王者气概悄然流露。这种气概源于《图兰朵》的华丽、《茶花女》的悲情、《波希米亚人》的激情澎湃以及《卡门》的落拓不羁。只是，如同一段远逝的文明，一种博物馆流年的气息，不合时宜地盛放在今天，一切，都有种苍凉意味，更有一种久违的美。

　　出于肺活量的要求，戴玉强的块头不可小觑。坐在逼仄的中式靠椅上，他不停变换坐姿。

　　令人惊讶的是，相比舞台上那大江奔涌般的华美歌声，现实中的戴玉强，嗓音喑哑，眼神疲惫，仿佛半梦半醒。为此，他不得不靠浓茶和烟来提神。茶泡得极酽，烟抽个不停，令人不能不担心他那透支已久的身体。

　　近年来，随着如日中天的声名，"倒时差"成为他不堪忍受的痛苦。还没从黑白颠倒中清醒，立刻便精神抖擞地披挂上阵。

　　只是，一切仍在无奈中进行。"你想害谁吗？那就让他学音乐。你想把谁置于死地吗？那就让他学美声。"他用力吸一口烟，苦笑着摇摇头。

　　2001 年盛夏，当紫禁城那场昂贵的"三高"演唱会隆重谢幕后，当世界顶级艺术大师饱受"金钱游戏"诟病时，一个中国男高音的名字火热出炉。他便是戴玉强。没人能够否认，这场转身的华丽与戏剧化；更没人能够细数，在此之前，他在寂寞道路上苦苦跋涉的几十年。

在追寻音乐这条路上，我做过农民、建筑工人，蹬过板车，贩卖过建筑材料，走过穴，等等，吃过的苦头绝非只言片语可以描述。所以我经常感叹苦难是我一辈子的财富。

如果出身音乐世家，受过良好的音乐教育，我坚持不到今天，肯定早改行了。举一个最简单的例子，背歌剧台词。一本又一本厚厚的意大利文台词，你不能因为是中国人就有发音不准、背不下来的理由。刚学唱时，大夏天的，家里没装空调，我就泡一大杯浓茶，光着膀子，摆一盒火柴。唱完一遍抽出一根火柴，直到把火柴盒唱空。所以说，养尊处优长大的孩子根本无法承受歌剧道路上的艰苦，更无法令歌声饱含丰富的内涵及倾诉内容。

现在是信息时代，电视、网络如此发达，孩子们乐此不疲地尝试艺术道路，我们看到，越来越多的孩子喜欢唱歌，拥有音乐梦想。但有几个真正具备成为"家"或者"大师"的天分呢？很少。再说得实际一点，现在90％的中央艺术院校毕业生都改行了。可想而知，这是一条何等艰辛的路。我想，我们应该保持负责的姿态，让孩子们认清自己，明白风光背后的付出以及现实的残酷。

有人说音乐梦想是一场豪赌，在我看来，这场博弈中，取胜的关键是两个字：坚持。我曾唱过一首歌《心的舞台》，歌词仿佛在写我。"当坚持成为唯一选择，我的命运被星光恩泽。"多年前，我在《读者》上曾经读过一则小故事：一个男人在缅甸赌石，几近倾家荡产。开石头时，他忐忑不安。开一块，是石头；再开一块，还是石头；当开到最后一块石头时，他的希望也几近破灭。这时，开石头的老板向他建议，不如把最后一块石头低价卖给他，至少还可以赚个路费回家。男人想了很久，答应了。可是这一刀下去，"咔嚓"一声，满腾腾的翠！

男人的做法或许是多数人的选择。毕竟，当这份坚持威胁到个人的生存时，人们会选择坚持下去吗？我会的。我的生存曾多次被梦想威胁过，最惨的时候，我一天只吃粮店的半张烙饼，卷一根腌黄瓜。没钱租房，就睡在楼梯间充气的气垫船上。有一年春节我回家过年，车票需要 13.2 元，可翻遍所有口袋我只找到 13.19 元。于是我只好在北京站广场的地上到处找，终于捡到被别人踩在脚底的脏兮兮的一分钱，这才买了车票回家。

当然，我不否认很多人即使坚持到最后依然失败。相信这个观点会激励很多人，也会误导很多人，但大趋势是挡不住的。

一个不争的事实是，在歌剧艺术曲高和寡的今天，戴玉强却奇迹般地名贯中西，这与"世界第四高音""帕瓦罗蒂"等关键字眼分不开。是缘分、炒作、噱头，抑或是"守得云开见月明"？或许一切都不重要，重要的是，他正在与巨人同行。

刚接触声乐我就深受帕瓦罗蒂的影响，无数次模仿他、追随他。2001年，紫禁城"三高"音乐会时，老帕经纪公司的人听了我演唱的歌剧，感动得流下眼泪，回去后立刻把我推荐给帕瓦罗蒂。"9·11"时，我在意大利接受帕瓦罗蒂首次当面授课。2004年年底，在他第一次执导的自己最钟爱的歌剧《波希米亚人》里，我被他任命为男主角，进一步接受他的言传身教。

从一个狂热的崇拜者，到最终一睹庐山真面目，帕瓦罗蒂给我最强烈的感受是认清自己，永远不可能成为帕瓦罗蒂。这话既不是自谦也非自省，而是实事求是。帕瓦罗蒂令人难以企及的原因，首先，他的声带是"上帝亲吻过的"；其次，他曾经接受过极其严格的声乐训练，身上具备成为"唯一"的全部因素，永远是一个无法企及的"King"。

有人说我是老帕的后继者，但事实上，绝不可能。他是前无古人，后无来者的。我清楚地知道自己近40岁才踏上世界歌剧舞台，起步实在太晚了。多明戈一生中演唱了110多部歌剧，我连他的1/10都不到，更别提帕瓦罗蒂了。

至于"世界第四男高音"这个称号，我可以明确地告诉你，这个称号很大程度上是炒作。当然，西方歌剧专家曾经给我的嗓音下的定义是："24K金"。但是，若想成为"世界第四男高音"，远远不是拥有完美的嗓音就能达到的，需要学习的东西太多太多。如果我的母语是意大利语，年龄是30岁，或许还有可能。要知道，中国人与意大利人学唱歌剧，难度比例是11 : 1。

是尴尬，更是不合时宜。当"高雅"遭遇"娱乐"，当"经典"趋于边缘，即便如此，总有一些身影，在无人问津的高地上，苦苦跋涉，寂寞坚守。走遍世界各地，今天的他终于明白，大浪淘沙，一切，都只是过程。

我说过一句话："你想害谁吗？那就让他学音乐。你想把谁置于死地吗？那就让他学美声。"不过，这不是我的专利，是圈内共识。并非在中国，即使在歌剧之乡意大利也同样如此。比如在意大利，80％学声乐的都是亚洲人，意大利本国人都唱摇滚了。

在娱乐时代，高雅音乐变得越来越尴尬并且边缘化。选择这一行，常常感觉无奈。我也常说，国内观众看到的只是冰山一角。比如我唱歌剧，从演出开始至结束，不用麦克风，需要喝一大桶矿泉水，这些水全部转化为汗。在国外开音乐会，3000 人的场子，我一张票不送，全部卖掉。可即使如此，歌剧依然是赔钱的买卖，票房的投入产出根本不成正比。至于商业演出，以我今日的实力及艺术成就，却连流行歌星三分之一的出场费都拿不到。

当然，还有一些中国人，拿着大把的钞票到国外某大厅开音乐会，回国后出场费立刻翻好多倍。我挣的是外国人的钱，给中国人增光。相反，他们是通过给外国人送钱，挣同胞的钱。这公平吗？不公平。但不公平的事情实在太多了。似乎注定有人付出一分便得到十分，而我必须付出十分才能得到一分。假如这是我的命，那我就老老实实按照命运的轨迹走，不羡慕别人。相信历史是公正的，到最后子丑寅卯，一切自有公论。

好多人觉得，目前我主要在国外开演唱会，在国外的名气也远远大于国内。其实，我在国内也开演唱会，只是没在北京开。（苦笑）这是一种逆反心理作祟。北京听众不爱买票，都等着送票，这是我特别痛恨的地方。我坚决不送票。再说，在北京开音乐会，即使我送了票，他们还到处挑我的毛病，于是干脆不开了。

这么多年的经历让我感觉，在国内与在国外演出，区别还是挺大的。基本上在国外，我一分付出一分回报，我付出十分努力，观众会给我十分的掌声与回报。相反，在国内，往往我付出很多，却没人搭理。然而有人作作秀，大家却趋之若鹜。没办法，我们社会的发展恰好处在这个阶段，连掌声都是假的，更甭说唱了，拿只"假手"啪啦啪啦（大笑）……

有人告诉我，那个"假手"的专业术语叫"鼓掌器"，口语为"手掌拍拍"，是"粉丝"们的必要装备。但我还是觉得这太令人痛心了，也实在太可笑了。你可想而知，目前我们已经假到什么程度。在国外演出时我从没见过。也许有，好在我没有遇到过。我所得到的都是真诚的、发自内心的掌声，而且全体起立。可在国内，台上假唱，台下假鼓掌，大家还乐此不疲。

面对种种虚假做派，我相信大浪淘沙，相信它只是一个过程。这点我非常肯定。

相比流行音乐的名利双收，歌剧艺术显然是阳春白雪、曲高和寡。但开玩笑说，唱美声一旦深入进去，你会感受到它的无穷魅力。在国外演出时，几乎所有歌剧院的负责人都对我说："你千万不要放弃。你若放弃了，对我们歌剧事业将是非常大的损失。"歌剧并非多数人可以做的事业，但通俗音乐却有很多人可以做。我想还是做不太容易做好的事业吧，毕竟总得有人做啊，而且已经做到这个分儿上了。（笑）

记者手记：采访这天，戴玉强刚从外地出差回来。早上刚下飞机，下午还得赶飞机去广州，行李还没收拾好，却又患了重感冒，声音哑得不行。电话中他犹豫了许久，最终依然咬牙决定在上飞机前接受这次专访。这更多出于对一个承诺的信守。"言而有信"，中国最朴素的哲学在这位农民的儿子身上得到了最好的印证。

采访结束后，他脚步匆匆地离开茶馆。当老板娘得知来者身份后，立刻惊呼着飞奔出门。无奈戴玉强已经驾车远去，留下一个模糊的车影。

回到茶馆后，老板娘连连跺脚，埋怨我没有事先提醒。看她又急又悔的模样，我突然萌生了一股冲动，发一条短信告诉他：戴先生，你并不寂寞。

仔细想想，更觉好笑。"菩提本无树，明镜亦非台。"心的舞台，何来寂寞？

2007 年 9 月 6 日，当地时间凌晨 5 时，意大利男高音歌唱家卢奇亚诺·帕瓦罗蒂逝世，享年 71 岁。帕瓦罗蒂凭借自然平滑的歌唱和带有金属光泽的高音称霸 20 世纪六七十年代世界歌剧界，被誉为"高音 C 之王"。与普拉西多·多明戈和何塞·卡雷拉斯一起，被誉为"世界三大男高音"。

在戴玉强倡议下，戴玉强等中国五大男高音演出的"我的太阳——纪念帕瓦罗蒂音乐会"于 9 月 10 日晚举行。这是全球第一场帕瓦罗蒂纪念音乐会。

所有伟大的运动员有个共同点，
就是对自己的事业保持着热爱，
因为如果你不热爱自己的事业，
你不可能百分之百地去投入。

盛世绘就梦想 /

# 李娜：对抗自己

◎ 王 飞

李娜，1982 年生于湖北省武汉市，中国女子网球运动员。2008 年北京奥运会女子单打第四名，2011 年法国网球公开赛、2014 年澳大利亚网球公开赛女子单打冠军，亚洲第一位大满贯女子单打冠军，亚洲历史上女单世界排名最高选手，首个入选网球名人堂的亚洲球员。

习惯了李娜穿运动装、戴遮阳帽、挥拍击球的样子，在我进入酒店休息室准备进行采访时，竟没能一眼认出她来。李娜化了淡妆，穿黑白条纹洋装外套、黑色的九分裤和尖头高跟鞋，干练中透着女人味。

此刻，距离"中国网球一姐"宣布退役已有 15 个月，离开赛场的李娜少了咄咄逼人，但举手投足间，霸气仍在。

李娜的专访安排在新书发布会之前。她的传记《独自上场》自 2012 年出版之后，重印 19 次，成为最受欢迎的中国体育明星传记。这一次，李娜与漫画家丁一晨合作，推出了《独自上场》的青少年版本。

李娜一直是记者最喜欢的那一类采访对象，她是两届大满贯冠军，有着国际范儿的幽默表达，往往会有很多精彩语录，可以直接提炼标题；另一方面，她性格直率，脾气火暴，往往因为无心之言成为"话题女王"，引发舆论风暴。

她曾在北京奥运赛场上用英文怒斥干扰比赛的球迷；2013 年法网失利之后，面对记者"要对中国球迷说点儿什么"的提问，她毫不留情地回击。夺得澳网冠军之后，返回家乡的李娜在接受湖北省官员颁发的奖金时表情"冷淡"。因为对媒体表现"淡漠"，有湖北媒体人在网络上对她进行抨击，称再也不看李娜的比赛。

退役之后的李娜，生活不再以训练和比赛为重心，轻快不少。她依然不会掩饰自己的情绪，喜怒都写在脸上。由于有过太多"教训"，她在接受采访时是谨慎的。可谓惜字如金，包括关于她的传记电影在内的一些问题因为"不便透露"或"想要表达的都已经写在书中"而不能继续，气氛多少有些尴尬。但李娜还是很大方地满足了我的签名请求——在我出发之前，几位同事已经将网购的《独自上场》快递至北京，可见她的粉丝之众。她是第一个赢得大满贯冠军的亚洲人，特别是看过了她夺得澳网冠军之后发表的那番幽默的获奖感言，人们没有理由不爱她。

采访结束半小时后，李娜出现在新书发布会现场。她就是为大场面而生的，热闹的气氛似乎更能调动她的情绪。

主持人问丁一晨："如果让你给娜姐提一个问题，你会问什么？"

李娜抢在丁一晨回答之前"叮嘱"："说好话！"

丁一晨很配合地答："我想问娜姐，为什么产后变得这么漂亮？"

台下一片笑声。

她为粉丝签名，有粉丝不远千里而来，她很配合地和"娜离子"们玩自拍。这时候的李娜，更接近我们的印象：爽朗、幽默、热情。

## 一个人的战斗

网球一直被冠以高贵、优雅的标签。如果没有读过李娜的自传，我大概不会想到网球是一项让运动员感到无比孤独的运动——

当你独自上场，你就开始了一个人的战斗。没有队友并肩作战，不管结局好坏，你只能自己承担。

在球场上，球员禁止与任何人交谈，教练也只能坐在包厢里为你鼓掌加油。你必须独自面对所有的问题，解决所有的困难。

没有足球场上的休息室，没有拳击台上的中立角，内心焦灼的你一个人站在场上，所有人都在盯着你。当局面处于被动，你必须迅速找到应对之策；隔着球网，你不能与对手有身体上的接触，唯一能做的就是迁怒于自己。

当你经历了耗时三四个小时的拉锯战，终于赢得胜利，评论员会赞美这是一场"史诗般的比赛"，唯有你清楚自己经历了怎样的折磨。

对于李娜而言，胜利带给她最好的礼物是内心的平静——她不必在比赛后用毛巾蒙住脸，躲在更衣室里失声痛哭，不必再为失误痛恨自己，不必反复折磨自己。

李娜经受了太多这样的折磨。20多年的运动生涯，网球带给李娜财富、自由与荣耀，而在得到这些之前，则是漫长的痛苦。

李娜8岁开始学习网球，11岁那年，凭借天赋和出色的身体条件，李娜进入湖北省集训队，师从余丽桥教练。这位昔日的亚洲冠军以脾气火暴、风格强硬著称。在跟随余教练学习网球的9年时间里，李娜几乎没有得到过表扬，她感觉自己怎么做都不对，每天都是战战兢兢，不知道什么时候，责骂和体罚就会降临。久而久之，这种情绪内化于心，她开始了自我折磨的征程。

1996年，父亲去世，两年之后，母亲再嫁，从前那个温馨的家不复存在。那时的李娜倔强、忧郁，坚硬得像块石头。幸好有姜山。

成熟稳重、内心宽厚的姜山给了李娜家的温暖和她一直想要的安全感，重新做回孩子的感觉让她沉醉和迷恋。作为前全国冠军，姜山在专业上给了李娜无私的帮助，鼓励她一直走下去，让她相信自己可以成为顶级选手。

每年1月，漫长的赛季从澳大利亚开始，先是悉尼公开赛和澳大利亚网球公开赛；2月，赶赴迪拜和多哈；随后前往美国，参加印第安维尔斯、迈阿密的两个大赛；4月，为期两个月的红土赛季开始；接着迎接温布尔登网球锦标赛。在这之后，还要参加在美国举行的几场巡回赛，以及东京和北京的公开赛。年底，世界排名前八的选手还要参加 WTA 年终总决赛。

在外人眼里，运动员每年在世界各地穿梭来去，让人羡慕。但运动员的生活其实是单调乏味的，酒店、机场、赛场，三点一线，更多的时候，要忍受寂寞和孤独。

还有伤病。因为严重的膝伤，李娜先后做过三次手术，右膝上的黑色胶布成为她的标志之一。退役之后，李娜原本准备继续进行治疗，女儿 Alisa 的到来让这个计划不得不暂且搁置。虽然不会影响正常生活，但膝盖多少还是会有些不舒服。

比伤病更令人难以接受的是失败，尤其是距胜利一步之遥，却屡次因为心理波动痛失好局。

2011年，李娜以29岁"高龄"赢得法网冠军。这个冠军对于李娜意义重大，"从出生到现在，我一直觉得自己是个可有可无的人，如果不是法网冠军为我带来的一切，我相信自己会一直这么认为下去，直到死去"。

即便仍会有失败，但经过岁月磨砺，李娜渐趋成熟。那些沉重的包袱，她一件一件卸下——不是为家乡，不是为祖国荣誉，李娜只想为自己而战。

## 你就是英雄

2014 年 9 月，李娜宣布退役。时隔一年多，李娜说自己很怀念在球场上跟自己较劲的感觉。

李娜坦言："前面的十几年，我并没有体会到网球的乐趣，直到最近这几年，我对网球的感悟才越来越多、越来越深刻，我才真正爱上网球这项运动。"

回望当年，她理解了余教练的做法。那种残酷的训练方式曾经带给自己很多伤害，但余教练那一代人就是这么过来的，这种高压方式的确容易出成绩，而为了成绩，其他的一切都不重要。

李娜感叹，中国的体育文化是建立在竞争基础上的，能享受运动、从体育中得到快乐的人少之又少。周围的人总是以竞争者的身份出现，你要跟每一个人竞争，而且一刻不能松懈。压力不断累积，终有一天会爆发。多年以后，李娜找到余教练，告诉她 15 岁的李娜的想法，两个女人敞开心扉，试着理解彼此，隔着时空握手言和。

这次谈话让李娜倍感轻松，在那之后，在球场上遇到困难，心中那个暴躁的李娜不会再轻易出现——"怨恨和逃避不是治愈的良方，只有真正放下，才是自我救赎的道路。"

在《独自上场》青少版中，李娜提到了"英雄"这个词——英雄并非要拯救世界，而是做好自己的事，战胜自己，你就是自己的英雄。

## 我不希望人们记着我

赛场上那个顽强、坚韧、霸气十足的李娜影响了无数年轻人。

朋友给李娜讲过一个小故事：朋友和老公想在北京买一套二手房，有一天，中介邀他们去看房。那是一个普通小区的一户普通人家，两室一厅的房子，小一点儿的卧室显然是女儿的，让他们惊讶的是，女儿的房间里贴着李娜在夺得法网冠军后举拍呐喊的海报，旁边写着："距离中考 XX 天，冲刺，加油！"他们相视一笑，虽然最后没有买那套房子，却记住了那张海报。

更为直接的影响是在网球界。

作为第一批受益于"单飞"模式的运动员，李娜的成功为后来者提供了一个可以借鉴的发展模式。"单飞"意味着所有的费用都要自己出，还要将赢得的奖金按一定的比例上交给国家。技术教练、体能教练、医生、治疗师，一个团队一年的开销至少要700 万元到 1000 万元人民币，一般人是无法支撑下去的。

但"单飞"的好处也显而易见，李娜聘请的国外优秀教练不但带来了先进的技战术理念，还带着李娜融入了网球圈子，与顶级选手的接触和交流，打破了之前封闭、蒙昧的状态，让李娜看到梦想并非遥不可及，从而一步步迈入世界顶级选手的行列。

2016 年 1 月 19 日，澳大利亚网球公开赛首轮，经历了 14 次大满贯"一轮游"（首轮即遭淘汰）的中国选手张帅爆冷击败 2 号种子哈勒普。赛后接受采访时，张帅掩面而泣，直言李娜总是给予年轻球员帮助。这种帮助或许更多来自精神层面，作为偶像，李娜曾经两次捧起分量最重的大满贯奖杯，给了后来者信心，让他们看到自己通过努力，可以达到的高度。因为李娜取得的成就，越来越多的高水准网球赛事在国内举办，年轻球员获得了更多与高手过招的机会，从而得以迅速成长。

李娜曾在接受采访时提到"不希望人们记着我，倘若人们一直记着我，这就意味着中国网球没有进步，我们需要一个新的冠军来打败我"。在"后李娜时代"，球迷们期待着有人可以从李娜手中接过中国网球的旗帜，站上冠军奖台，李娜也同样期待。

## 我想念在球场上跟自己较劲的感觉

宣布退役一年多，和做运动员的时候相比，心态和生活有了很多变化，压力没有以前那么大了，以前的生活是以网球为主，现在更多会回到家庭。虽然退役了，但其实还是很想念在球场上跟自己较劲的那种感觉，在生活中没有太多这样的机会。

接下来的规划，以慈善和家庭为主。虽然退役了，还是不愿

意离开网球，规划中也有和网球相关的部分，我希望自己的网球
学校赶快开起来。我相信大家也知道，随着社会的发展，现在的
教学模式不可能和以前的一样，大家都在进步。开网球学校是希
望有这么一个地方，可以让更多的小朋友来玩耍。现在小朋友们
的压力越来越大，他们学了很多不属于他们这个年龄的东西，他
们缺失了很多可以娱乐、可以放松去玩的地方。

在自传中，我提到了经历的训练模式对自己造成的伤害。我
希望自己的网球学校给青少年传递这样一种理念：不是每一个打
网球的人到最后都可以成为职业球员。我只是希望通过网球让他
们在从事运动的时候心理是很健康的，而且，从事运动的小朋友
会更坚强，面对困难时会显得更成熟一些，独立一些。

## 放养女儿

我的女儿现在还不会说话，相信家长们都会有同样的经历，
有了孩子之后，哪怕再辛苦再累，当你的小朋友对你有回应，微
笑或者跟你有互动的时候，你就会觉得一切都很值得。

我小时候是个瑟缩、内向、不自信的孩子，这和母亲的教育
方式不无关系。所以，现在对我的女儿，我想顺其自然，放养。
当然会给她一个很宽松的环境，但是会有一个底线存在，我会给
她一个范围，让她自由发挥就好了。至于很多人关注的是否让她
打网球，这要看她的兴趣，不会强迫她。

## 遇到挫折是为了成就更伟大的自己

我的自传《独自上场》已经有过两个版本了，之前的版本大概有十八九万字，青少年朋友读起来可能会费时费力一些。青少版在文字量上会减少一半，9万字左右，有丁一晨的漫画在里面，青少年读起来会更有趣，更容易接受一些。

我想通过这本书向青少年传递这样的信息：做勇敢的自己。网坛有很多巨星，即便不是无往不胜，也曾经在很长一段时间内占据了统治地位。我佩服所有的网球运动员。因为网球和其他项目不一样，网球一年的赛季有11个月，你必须要从一年的第一天开始一直保持状态到赛季结束。赛季结束后你也没有太长时间做调整，因为你马上要准备下一个赛季。所有伟大的运动员有个共同点，就是对自己的事业保持着热爱，因为如果你不热爱自己的事业，你不可能百分之百地去投入。

中间有一个阶段会特别痛苦。但人生也是这样，没有人的一生一帆风顺。肯定会遇到一些挫折，其实遇到挫折是件好事，遇到挫折是为了成就更伟大的自己，不是吗？

阿加西说她总是攻击对手的强项。如果对手正手很强，那就打到他厌弃自己的正手。事实上，每个人的成长经历不一样，打法不一样，遇到的困难也会不一样。为什么那么多人会去从事网球运动，因为虽然比赛那么多，训练那么多，但是过来的球不会有两个一模一样的。你要不断地挑战自己，把自己的状态调整到最好。其实比赛的时候不光是对抗对手，更多的时候是要对抗自己。

有不少人问我，说在我之后，中国还没有出现新的顶级网球选手，球迷们都很关心，下一个大满贯冠军什么时候会到来。这个我也很关心，但无法预测，如果是可以预测的，就不会有惊喜了。只有慢慢等待，等待时机成熟，等它真正到来的时候，才会给大家一个惊喜。

我觉得中国很缺智库，

在处理一些国际、国内问题的时候，

大家从不同的角度提出很多意见，现在互联网舆论也很多元化，

怎样才能在纷繁复杂的国际、国内形势之下，

提出一些理智的、专业的意见？

**盛世绘就梦想** /

# 龙永图：大道至简

◎ 陈　敏

龙永图，原外经贸部副部长。1992 年，龙永图介入中国复关谈判。1997 年 2 月，龙永图被任命为外经贸部首席谈判代表，负责贸易谈判及多边经济与法律事务。2001 年 11 月，他在第一线领导的长达 15 年的"入世"谈判圆满落幕，中国成功加入世贸组织。2003 年初，龙永图出任博鳌亚洲论坛的秘书长，致力于让博鳌论坛成为最活跃的国际经济论坛。

2015 年 1 月，龙永图和白岩松合著的《中国，再启动》出版。

这两位都是奋斗改变命运的典型，一位来自贵州大山，一位来自呼伦贝尔的小镇；一位从外交部的普通职员成为"运筹帷幄，决胜于千里之外"的政府官员；一位则从报社编辑变成家喻户晓的名嘴。

作为世俗眼光里的成功人士，他们如何看待自己的来路，预测中国的未来？他们对个人的痛苦和幸福、时代的焦虑和信任危机、永恒的青春和信仰问题，有什么见解？

世上没有一劳永逸的东西，而思考和变化永不停止。

我感兴趣的，是书中两人从不同视角出发对同一个问题的阐释，既互相碰撞，又互相交融，让人看到经历后的智慧，思考后的提升。

采访龙永图前，我担心他会比较累，这是他当天接受的第三个采访。毕竟，他已经72岁了。第一眼见到龙部长，就发现自己的担心是多余的。他西装革履，耳聪目明，交谈中，逻辑缜密，谈笑风生。

我想起白岩松在新书中对他的描述，说龙部长干事总是精气神十足，而这种力量，来自"久违的理想主义和责任感"。白岩松说："一个不把'官'当官做的人，注定也不存在功成身退。龙永图先生如同一个老兵，永远不会退出战场，只会优雅而执着地老去。离开副部长的位置，他做博鳌论坛的秘书长，又做与二十国集团相关的工作，即便已如此繁忙，他又在故乡贵州的电视台开了一档《论道》的电视节目，让各路高人，在他遥远而亲近的故乡，去议论、观察最广阔的世界。"

现在的龙永图正在参与"中国与全球化智库"的工作，案头堆着高高的文件，为此殚精竭虑。然而，他比很多年轻人都有活力，内心一直装着整个中国的进步、富裕这样的大问题，躬耕不休。同时，他信奉"简朴才健康"的生活理念，笑言"大道至简"。

72 岁的龙部长，让我看到了一个理想主义者在世间行走时最彻底的实践。正因为这样的力量，《中国，再启动》不会只是书名，而将照进每个人的生活。

## 怎样把中国的故事说好，是很大的挑战

我在国外居住了多年，国外对中国的评价这些年来有一些变化，总体上来讲，国外对中国还是有很多的误解。有个关键的原因，是中国发展太快，突然变成了一个"庞然大物"，国外出现了很多复杂的看法，有些是害怕，有些是质疑，还有一些是嫉妒。比如说我们和日本的关系，虽然我们之间有领土主权的纠纷，但是我认为更深层的原因，可能是由于中国一下子超过了日本。

日本在"明治维新"以后一直是亚洲最强大的国家，战后在美国的帮助下成了世界第二大国。他们没想到中国发展这么快。对中国的崛起，他们内心没有准备，特别是年轻的一代，对中国崛起有很多的误解。中国经济上升的时间正好是他们的经济走下坡路的时代，一上一下反差很大，对他们的刺激也挺大。

其他国家对中国的崛起并不完全表示接受和敬佩。中国的发展有几个特点。第一个是快，其他国家需要时间去消化，而我们在这样短的时间里也没有很好地来讲述中国的故事；第二个是中国作为社会主义国家，与很多国家意识形态不一样，所以西方很

多人戴着有色眼镜看我们，有很强的政治色彩。

也有少数国家面对中国的崛起是敬佩的，像巴基斯坦等国。

外国人对中国不够了解，带来了复杂的国际局面。

还有一个原因，过去我们出国的人很少，现在每年中国有一亿人次出去。有一些人素质比较差，不注意自己的言行，影响很坏。西方的媒体一炒作，使得怎样提高国民素质这个问题变得更加紧迫了。

中国的对外宣传还有很长的路要走，怎样把中国的故事说好，对我们来说，是很大的挑战。

有人说国内有一些"愤青"，生活条件好了，他们依旧对社会有不满。事实上，任何国家都有"愤青"，中国也是如此。以前大家吃大锅饭，要挨饿都挨饿，要穿带补丁的裤子大家都穿，都是一样的，所以人们的心态比较平和。改革开放30多年，贫富差距拉大了，即便是自己比过去好得多，但是一看比自己更好的，马上产生心理落差。这是造成目前"愤青"增加的原因。

怎样使大家的心态更好一点？需要信仰。

## 有中国特色的智库变得非常重要

我在新书中提到基辛格的一句话，"信仰就是做最好的自己"。在中国加入世贸组织的谈判生涯里面，我最想摘掉"观察员"的帽子，并为此奋斗了很多年。现阶段，我也有很想完成的目标。我觉得中国很缺智库，在处理一些国际、国内问题的时候，大家从不同的角度提出很多意见，特别是对国际问题，大家七嘴八舌，把本来简单的事情搞得很复杂。现在互联网舆论也很多元化，怎样才能在纷繁复杂的国际、国内形势之下，提出一些理智的、专业的意见？

这样一是便于中央决策，二是能进行正确的舆论引导。所以有中国特色的智库变得非常重要，我正在参与其中。

这个智库是"具有中国特色的智库"。这个"中国特色"怎么理解？中国特色的智库就是指按照中国目前的国情，能够解决中国问题的智库。比如关于转基因产品的问题，很多观点都不专业，带有强烈的主观色彩，甚至违背一些常识，扰乱民心。最近我看到袁隆平的观点，他肯定了转基因产品。像这样的科学家出来，在他的专业领域讲话，才会真正引导舆论。所以，智库必须很专业，老百姓才会信任和接受。

我在国际贸易谈判当中应该算是比较专业的。前一段时间大家都在反对TPP（跨太平洋伙伴关系协定）的时候，我就出来讲话，我说这不是美国人搞出来的，也不是一个要把中国边缘化的阴谋。把事情讲清楚了，中央最后接受了这个意见，对TPP采取开放的态度，采取乐见其成的态度。

这就是智库的作用。所以，我对建设智库有很高的期望。我们现在的舆论环境是多元化的，允许百花齐放，但还是要有权威、理智、专业的意见引导舆论。到了这个年龄，我也不想做别的。

我们退下来的一批官员，还有院士、教授，还可以贡献力量，都
感到很高兴。

我们在参与一个中国与全球化智库的工作，研究中国企业走
出去的问题，包括碰到一些具体问题时怎么解决。

现在谈中国企业如何走出去，优势和劣势都有。以前讲弱国
无外交，即使企业走出去，人家也不相信你。现在中国变得强大
了，外汇储备充裕，在外面也建高铁、桥梁、港口……如果没有
强大的经济实力做后盾，这是很难的。中国企业走出去会得到基
本的信任，这个信誉度是很大的资本。

还有个优势在于中国搞了30多年制造业累积的经验。中国是
"世界工厂"，在制造业领域有优势，也有一批人才。

但是，我们缺乏国际化的人才，缺乏真正懂外语、懂国外的
规则、懂国外的法律的人。

中国的企业文化受中国传统文化影响比较大，到了国外都想
找关系，找捷径，而不是靠法律、靠自己的努力解决问题，这是
企业文化的弱点。还有，虽然中国是发展中国家，但是相当一部
分人吃不了苦，到了国外第一件事就是找中餐，没有中国饭吃就
活不了，适应性比较差。

找关系、拼爹、怕吃苦、不够踏实……这些现实中有，但我
不会为此焦虑。不要着急，年轻人有一个成熟和成长的过程。有
时候经历一两件重要的事情，年轻人会改变自己的一些思维方式，

这种自我的教育是特别重要的。你成天给他灌输一些内容，他反而有逆反心理。在政治环境、商业环境和社会环境都逐渐改善，变得更好之后，他也会在这个环境中调节过来，这需要多给他一些时间，多一些陪伴。

## 大道至简

在新书中，我回忆起下乡割稻的时候，父亲特意在我的口袋里放了三颗糖；有一年中秋，弟弟给我留了半块月饼。这种包含在物质之中的情感才是更珍贵的。现在物质丰富了，反而有很多人觉得物质本身更值得追求。现在人们对于亲情看得比较淡。以前我每次出国，带一点儿小东西回来，家人都挺高兴，现在不同了。物质的东西太多了以后，精神的东西慢慢变得少了。原来的那些物质，一块糖上面附着很浓厚的亲情；现在物质的东西就是物质的东西，它里面没有感情的色彩。囚为它太容易得到。现在物质太丰富了。我们也不能指责大家对物质的追求不对，但是怎么把握"度"的问题也是很重要的。

我经历过贫穷，这个烙印也很深，但我从未想过，"我的理想就是赚到一百万，或者是一千万"，以此作为目标对抗贫穷。我从来不这样想，我觉得贫穷并不可耻，因为贫穷不是因为我懒，而是因为当时国家很穷。很幸运，我参与了一个历史进程，见证了一个国家从贫穷走向富强，同时自己也获得了地位和财富，过上了比较体面的生活。就像邓小平讲的，贫穷不是社会主义，我们要真正搞社会主义，就不能让老百姓穷下去。

我在新书里面也曾自嘲，当时在联合国工作的时候，一个月的工资是 3000 美元，钱很多，可以在纽约的大商场买 30 套很好的西装。但是我们把所有的钱都交给国家了，就穿件地摊上淘来的便宜西装，也不觉得很丢人，因为"穷"是那个时代造成的。

当时上交工资是组织要求的，但我们那一代人不会抱怨。那时候我觉得我能够到联合国去工作已经非常光荣了，西装差一点就差一点吧。

但是有的时候和其他国家的人在一起，也觉得很尴尬。每天午饭的时候，我都是到联合国工作人员的餐厅去吃快餐，他们都是今天吃意大利餐，明天吃法国餐。我每次吃饭前都感觉很紧张，总是悄悄提前 5 分钟就走了，免得人家到办公室叫我，说"今天咱们到法国餐馆去吧"。

那个时代的贫穷会让人觉得拘束紧张，但我会用另外的力量去平衡。我当时觉得自己很优秀，在联合国工作时，哪怕最开始只是一个最低级别的外交官，我提出的意见大家都很认可。国家大使开会的时候，当时中国搞经济的外交官不懂英文，所以请我去参加小范围的协商会议，大家开玩笑称我是"龙大使"，我感觉很自豪。

我前一段时间在企业家大会上讲，我认为事物的发展是从简单到复杂，再回归简单。我们的社会也好，个人也好，最后都是回归简单，回归自然，过很低碳、很俭朴的生活，过得很健康。人与人之间相处很融洽，没有勾心斗角。

社会越来越简单，这里面有很深的含义。这可以算是个人发展和社会发展的最高目标。事实上，越发达的国家，人们的生活越简单。最有钱的人，他最后会追求简单，注重家庭，过非常健康的生活。大道至简。

二十几年前，我们蔑视收藏文化；

今天，

却迎来历史上第五次如火如荼的"收藏热"。

我目睹了收藏在中国社会的突变，感触颇深。

**盛世绘就梦想** /

# 马未都：盛世收藏

◎ 一　盈

马未都，1955 年生于北京，收藏家、古董鉴赏家，央视《百家讲坛》主讲人。1996 年，马未都创办中华人民共和国第一家私立博物馆——观复博物馆，开始收藏中国古代艺术品，藏品包括陶瓷、古家具、玉器、漆器、金属器等。

乱世藏黄金，盛世兴收藏。马未都火了。

电话打过去，立刻听到那边电话铃声此起彼伏。侧耳倾听，几乎全是预约采访。心中暗笑：这是一个怎样的时代？

关于时代，马未都心存感念："我的年龄卡得可丁可卯。"20 世纪 80 年代初到 90 年代初是中国古董收藏的谷底，于是他"狂收暴敛了 10 年"。接下来的 10 年，收藏飞速升温，而他早已收得"盆满钵满"。所以不难理解，他意味深长地说："感谢生于这个时代。"

时代造就英雄。然而英雄的出现，仅仅归于时代？

以马未都为例。"五一"期间，先生又开始了新一轮的全国签售。这次他依然携带"秘密武器"——一枚定制的电子章。以盖章代替签名，有人骂他"讨巧"，他风轻云淡地说："不介意。"

树大招风，何止于盖章？譬如《青花瓷》，譬如"床前明月光"……哗众取宠也好，治学严谨也罢，尽管只有小学四年级文化水平，但翻翻他的书，你会发现这种"较真"无处不在。

问他："你一向都如此较真吗？"

他不动声色，面无表情："是的，天性如此。正因为较真，我才可以把事情做到极致。"

如果深谙收藏，那么你便明白，沉浮于这潭深水，"面无表情"便是最大的表情。

极致，于马未都而言，非指"百家"，而喻"观复"——这个新中国成立之后的第一家私立博物馆。

参观"观复"于初夏晌午，空气燠热。馆址偏远，辗转许久，才于参差杂乱中寻至一处低调院落。竹门极狭，一块拙石把门，石上有题词：观复。"致虚极，守静笃，万物并作，吾以观复。"这是老子《道德经》里的一句话，引用于此，意境悠远。

开了门，别有洞天。博物馆占地8亩，会所形式，院中有绿荫、草坪、流水、碎萍，还有郁郁爬植沿着楼壁顶棚恣意伸展，井然有序，满院清凉。

"一切全是马先生亲自设计的，就连这满院爬山虎，都是他拿着铲子、胶带亲自设计的攀爬路线。"工作人员详细介绍，"先生的认真，少有人及。"

几许客观，几许主观，不辨。进入馆内，冷不防满室华美扑面而来，恍若时空交错，令人屏息凝视。入口一壁鎏金壁画，参照元代永乐宫《朝元图》，各路神话人物安详、辉煌而飘然。右边是陶瓷馆，汇集唐朝以来各代陶瓷精品。家具馆有红木厅、紫檀厅、黄花梨厅、鸡翅木厅。数百件价值难估的明清家具按古式布置，忠实还原古人生活方式。

还有工艺馆、门窗馆……一件件古物静默着，被岁月包裹，生命无言，却宛若大道。金钱在历史面前，无足轻重。

不是周末，仍有不少参观者。"《百家讲坛》是转折，现在周末平均有两百多人参观。但之前，一个月也不见得有十来人。"工作人员回忆，"坚持了 11 年，惨淡经营。"

现在好了，车马盈门。访者不再局限于以前小范围的收藏圈，而是无限扩大。

然而，困惑亦滚滚而来。比如此时，一对受《百家讲坛》"蛊惑"的四川夫妻抱着自家宝贝千里寻"马"，不想被馆员拦住，吃了闭门羹。"马先生鉴一件收 300 元，没有预约收 400 元。太贵了，承受不起，要留够回家的路费，所以算了。"汉子无比懊恼。

"何不找收费便宜一点的专家鉴定？"

"不，我们只信任马未都。"

"会不会心有不甘？"

"不会。是不是宝贝，我们内心清楚。"

矛盾而诙谐，民间收藏者的心态由此可见一斑。"收费已经很低了。很多人认为让专家看一眼收几百元接受不了。不是'一眼'值多少钱，而是要知道，专家这'一眼'要经过多少年的积累与磨炼！"馆员解释，略抱不平。

类似的事太多。"登坛"本为文化，不知不觉中，几乎人人都谈起了收藏。乍一听到目前中国收藏人数已达 7000 万时，马未都吃了一惊："有这么多吗？"

那天去洗脚，修脚姑娘开心地拿出一块玉让"马叔叔"鉴定。是从潘家园买来的，3000 元。玉是真的，但却令久经沙场的马未都震撼良久："有点不可收拾。这件事情往大了说是文化的诱惑，往小了说是全民忽悠。"

那么，文化与忽悠，支点在哪里？或许，不仅马未都，每个有文化责任感的中国人都应该考虑。

面对收藏的最高境界"过我眼，即我有"，马未都坦言："不敢说已达到，心态却平和许多。"

犹记得 20 世纪 90 年代初，一家电视台到家里做节目，录音师失手打碎一件摆在桌上的清代官窑盖碗。顿时，鸦雀无声。努力许久，马未都强行恢复镇定："继续拍吧。"节目录完，客人散去，没有道歉。妻子不满："这些人，连句'对不起'都不会说。"

"他们太想说了，可说得出口吗？"十年前，马未都这样说。

搁在十年后的今天呢？"心很痛，但我会非常宽容。首先，对方的压力已经非常大了，而且这个损失我能够承受；其次，我自己也有问题，没想到它比想象中残酷。破灭，就是一瞬间的事情。对于古董，我们只是过客，只能淡然。"

犹记得"民国四大公子"之一的张伯驹变卖豪宅细软，凑足240两黄金买下展子虔的《游春图》捐赠国家；还有张学良拍卖毕生收藏，所得款项全部捐赠社会……"这才是收藏大家的心态。"马未都无限感慨。

在观复博物馆，一幅油画作品相当引人注目：一张明末清初的黑白老照片，照片上人物不可考证。最末一男子，一袭藏蓝茛绸唐装，清癯宁静，目光和煦，附注："我与古人真诚地站在大家面前。"

细看，正是马未都。

有人告诉过我，他到观复博物馆参观时，碰到一对夫妻抱着宝贝从四川赶来找我鉴宝。因交不起鉴定费用，怏怏而返。鉴定收费是博物馆的工作，毕竟我们不是靠纳税人养活的国家博物馆，需要正常收入，否则怎么经营呢？这对夫妻我不知道，如果当时我在现场，也就捎带给他们看了，但工作人员没有这个权力。问题是我不一定碰得上。

成为公众人物，尤其是学术明星，肯定避免不了不绝于耳的批评声，这大概源于中国人的"醋意文化"。"吃醋"是人类共有的行为，但中国人比西方人更强烈，它源于我们的农耕文化，与游牧民族、海洋民族都有区别，非常封闭。农民有句土话"全看着别人地里的庄稼好"，还有"不患寡而患不均"，这些都是"醋意文化"，所以我们从历史上就强调"均贫富"。实际上，社会的等级差是社会进步的动力，有台阶才能往高处走。

其实，不仅"醋意文化"，仇富嫉富也是中国人的"传统"。博物馆的留言本上，有一个孩子留言："好妒忌马叔叔啊！"其实，我最早并不注重财富，或者说，那时候注重财富也没用。在我年轻的时候，社会对中国传统文化批判到极致。那时我实在闹不清楚，为什么中国人对自己的文化如此仇恨。于是收藏中，我很愿意与大家共享文化。

以前我们谈文化，总是特别抽象，抽象到空泛。比如"五千年文明古国，亿万里大好河山"……净是些虚话。要知道大部分人不具备抽象思维能力，很难接受。所以我们最好拿物来说事儿，比如一个瓷壶，一条板凳，任何一个东西我们都可以说清当时的文化背景。这很具象。

现在，我被人误会也正常。我办博物馆不是糊弄，是希望人们真正喜欢我们的文化，喜欢得有喜欢的环境。同样一件文物，把它搁在优美的环境中布置起来与随便摆放，效果完全不同。

一直有人说，古训有"深藏不露"之说，我是在唱反调：办私人博物馆，登《百家讲坛》，四处出镜……"高调"对于一个古玩收藏家来说，风险的确很大，比如张伯驹就曾因为收藏过盛，遭遇绑架案。我不会不担心，但不能因为我担心就不走路。攀登珠穆朗玛峰时，我们也担心，但不能因为担心就不攀登了吧？另外我有一个终极目标就不担心了，这个终极目标是：第一，不想把它们重新变成钱；第二，不想传给后代，只想实实在在留给社会。我心里坦荡荡，无惧可言。

那个花3000块钱买块玉带在身上的修脚姑娘，看到她，一开始有困惑，收藏真能变成"全民盛宴"吗？但现在市场给我解惑。比如一个修脚姑娘都能买一块玉带在身上，可见这个东西给她带来了乐趣。人人都有乐趣，但层次、关注点有所不同。有的想炫耀，有的为增值，有的在文化。不管是哪种乐趣，我认为最终定会殊途同归，便是文化。

"全民盛宴"也没什么不好。收藏的层次非常多，有单价上亿的，也有百十元的。今年3月我逛潘家园时，道光时期的青花小盘才卖50元，这对今天任何一个想收藏的人都不构成价格障碍。

二十几年前，我们蔑视收藏文化；今天，却迎来历史上第五次如火如荼的"收藏热"。我目睹了收藏在中国社会的突变，感触颇深。近代中国积贫积弱，物极必反。另外，我们用了近百年时间试图否定传统文化，建立一个新的文化体系。结果呢，有点像"邯郸学步"，我们连走都不会了。所以我们必须正视自己的文明——中华文明，忠诚于自己的文明比忠诚于西方文明强太多。

在外人看来，收藏这个行业充满陷阱，几十年来，还好我只是"磕磕碰碰"，没有过大的失足。然而当年一起做古董的人所剩无几。有的家破人亡，有的银铛入狱，唯独我安然无恙。别人问我靠什么，靠天赋。如果说从业素质是一座金字塔的话，那一定是天赋占据塔尖上那一部分。另外，与其他人相比，我分析问题会更周全。这个行业里，大部分人太关注钱，总想赚钱。其实，想通过历史赚点小钱还可以，赚大钱却很难。

也有人说"甚爱必大费，多藏必厚亡"，觉得我收藏越多，内心会不会恐慌越多。这就要看你拥有什么了。可能拥有的物质越多，内心会越不安。可是当你想清楚这些物质的去向后，这种不安会渐渐消失。

大家都说我很聪明，在我看来，我本来就很聪明。之前也有人说我讲自己是行业里的老大。我不知道当时说这话的前因后果，有些话冷不丁被记者抽出来写，的确给人狂妄感。所以我现在和记者说话，得有点准备。其实我想说的是：中华人民共和国成立以来，收藏家中能够把学问做到家，又有如此表述能力，有如此影响力的，我是老大。这话客观吧？但客观的话，一定不能由我来说，历史自有分辨。但另一方面，我也不喜欢瞎谦虚，很虚伪。

我现在会接受一些大众媒体的采访，他们的读者群大部分缺乏较大的收藏能力，但对文化的关注并不少。正如我上《百家讲坛》，就是希望大家不是去收藏，而是去了解文化。所以讲课中，我尽可能回避谈钱。我所说的数据，都有据可查，只是用钱来告诉世人，我们的艺术在今天已达到怎样的高度。比如元青花大罐"鬼谷子下山"拍出2.3亿元，这说明什么呢？说明全世界对我们文化的尊重。花钱是尊重啊，不要认为钱是万恶之源。

今年是改革开放 30 周年，于收藏而言，已走过了两大阶段。头 15 年是地下不合法状态，1993 年文物收藏合法化，于是后 15 年就开始频繁曝光。2008 年我登上《百家讲坛》，希望再有 15 年，我们回头时能够看到：以《百家讲坛》这个事件为标志，我们的收藏由对金钱的关注变成对文化的关注。今年我 53 岁了，希望到了古稀之年，世人能给出评价：由于《马未都说收藏》，人们对收藏的关注出现"拐点"，由对钱的关注转向对文化的关注。再深刻地说下去，当你对文化的关注超过对钱的关注时，我们就看到了我们民族的希望。

我喜欢跟队友和教练在一起，

但是最辉煌的时候……

我都已经忘了。没有什么特别怀念的。

我现在憧憬未来，我一直都憧憬未来。

**盛世绘就梦想** /

# 李宁：最辉煌的时候，我已经忘了

◎ 吴梦启

　　李宁，李宁公司董事长，此生起起落落，日子过得精彩鲜明。8 岁前是农民的孩子，在土里刨食。8 岁到 26 岁之间是体操运动员。1984 年洛杉矶奥运会夺得 3 金 2 银 1 铜，"体操王子"实至名归。但在 1988 年奥运会上落马，不久结束体操生涯。27 岁到现在是企业家，先加盟健力宝，后创建李宁品牌，面对众多国内外品牌的竞争，将其做得风生水起。

　　李宁平素为人低调，媒体界称其为"隐者"。2008 年北京奥运会，李宁在"鸟巢"上演"空中飞人"点燃火炬，再度成为焦点人物。

　　李宁致力于国内外的公益事业，先后成立了李宁基金和运动员扶助基金。2010 年年末，李宁以世界粮食计划署（WFP）"反饥饿大使"的身份考察中国在柬埔寨的粮食援助项目。在世界粮食计划署的安排下，我得以与李宁同行，感受到这个公众人物非同一般的特点。

我曾经把他设想成一个腆着肚子，走路四平八稳，周边人群簇拥拎包打伞的大款形象。但是机场的初见，对上述想象不啻一场颠覆。他穿着简单朴素，背着一个双肩背包，手上戴着一串佛珠——李宁曾经说过他是一个"钻研佛学的人"。没有任何征兆，李宁顺手从我手中接过行李车，缓缓推出机场，留下一个目瞪口呆的我在他身后。"他没有架子，别奇怪。"同行的世界粮食计划署新闻官跟我说。

他的确毫无架子。大家出门坐"小面"，他常常坐在最后一排，随身挎着自己那个不离不弃的双肩包。他对孩子带着一种怜惜的疼爱。在金边的配餐中心，当他知道面前接受粮食计划署援助的女孩只有7岁时，很惊讶地说："呀，跟我的女儿一样大！"然后蹲下来好好抱了抱她。在暹粒的农村，李宁向所有人演示如何从开放的井口中打水——这是农村的必备生活常识。即使是在媒体的镜头前，他也一切都显得由心而发，毫不矫饰。每个人都可以心怀世界，但是他首先应该是个本色的人。李宁就是这样的人。

李宁爱美食，爱在街边小店喝啤酒，晚上四处瞎溜达。他爱闲聊，透着一股子幽默劲儿，会跟我们读一些手机上收到的搞笑段子，会说出"我已经吃得肚子都顶到膝盖那儿"，当然偶尔还会蹦出几个国人常见的小粗口。他睿智而聪明，思想中充满了活力，从佛学思想、公益活动、法律建设到国际关系，娓娓道来，头头是道。

但是有两样事情他从不轻易谈起：他个人的过去以及他如何经营自己的企业。

过去固然如浮云，就是李宁公司本身，也已经进入了有条不紊地发展当中。有什么可说的呢？一切都朝着未来看吧。

## 奥运会点火：一切都是天意

开幕式那天，点燃火炬之前，我一直坐在后面，连电视机都没有。那天中午我们就在工人体育场安检，安检完我们就直接进入"鸟巢"里面去了。我们就在后面等着，里面到底表演了什么，我们一点都不知道。

中国有句话叫作"谋事在人，成事在天"。点燃火炬的那个过程就是这样的。手上的火炬可能出问题，动作可能出问题，吊索可能出问题……我觉得这个（过程）太夸张了。

后来张艺谋导演出了一张光盘，专门说开幕式前彩排的混乱情况的。当时真让人感觉这事儿一点没谱。好多事儿就是这样，总是乱七八糟，到了最后竟然就顺理成章了。那时候彩排，我每次进去身上要贴七八个证章，都搞不清楚是谁要这么做的。但是到了最后一天，什么都按照步骤走下来了。

你看见我硬邦邦地站在那儿，都不敢动，吊在那儿很不自然……所以说这个绳子的问题，技术上没有完全解决。我右肩有根钢丝没挂好，起初没发现。站到点火台上的时候，它突然松脱，一下跳到我眼前。眼看孙晋芳就要跑到我眼前了。这时候我们有个技术小组的成员跑上来，当时我周边都站着武警，事先说好了任何人一上来，就一脚把他给踢下去。

结果他吓得赶紧大喊"自己人"！好在那时镜头还在另外一边，看不见我这里的情况。他上来赶快把钢丝给挂上了，最后几十秒的事情，感觉特逗……

很多人看过直播之后告诉我，我上去的时候他们很紧张，看到好像火炬里的火都没了。其实，上升的时候空气往下压，把火焰都给压进去了。火炬的管子是空的，上面露出蓝光。蓝光用肉眼和电视一般是看不见的。到了上面空气没有再往下压了，火苗一下就冒出来了。反正最后就这么完成了，简直可以说一切都是天意。

## 公益项目不能功利化

我现在是世界粮食计划署的"反饥饿大使"，在公益慈善事业中，我有自己扮演的角色。一个人活着，要过好自己的生活，做好自己的事情。公益事业应该顺其自然。它不是一个人的事情，是大家的事情。它应该是一种文化，一种习惯，是人与人之间相互的作用。所以这应该是一个慢慢发展、认识和参与的过程。随着经济的发展、社会的发展，也一定有这样的需要。所有人都会觉得自己就是众多参与社会公益活动的人之一。

至于说因为我的关注，影响到哪些人，或者说，对他们的情况有多少帮助，我觉得这不是我的责任。我也不是说一定要让多少人提升什么。我相信，我的参与本身就应该是我生活的一部分。

我身边的人给我带来了很多影响，让我更加有兴趣参与。当你看到这么多人为这些孩子付出时，你就会有动力。我觉得我自己在参与过程当中也会有意无意地影响到身边的人。我并不特意要把自己打造成一个榜样。

我出任这个"反饥饿大使"，一方面是让更多人知道和了解粮食计划署的工作，参与投入其中；另一方面是让大家都知道中国政府做了什么事情，有什么样的结果。至于我能够发挥什么作用，其实也不是绝对的。你们做了报道，建立了一个沟通的平台。这么说其实大家都在做着同样的事情。

还有人疑问，我出任这个"反饥饿大使"的时候，主要考虑的是献爱心吗，还想知道当时我有没有考虑到这种做法会对我的企业有良性的推动作用，至少提高人民对品牌的认可度。事实上，当时不会有太大的推动作用，现在也不大会有。对你有好感，并不意味着要去买你的产品。这是两个概念。利用公益项目来提高自己公司的形象是个很长期的过程，不能功利化。要功利的话，就直接做广告，干吗还拐这么大个弯子？我们企业并没有计划从中赢利，现在也没有。

## "李宁"要当世界级品牌

我现在对自己的公司有一些长期和短期的打算。我们长期的打算就是将"李宁"品牌做成一个世界级的品牌。这个任务相当艰巨，也是中国人一直没做过的事情。就像中国人过去拿冠军那样，需要一步步走出去，一步步发展下去。中国的技术、研发以及管理都有待提高，都在追求发展的过程当中。

我们作为一个体育用品的品牌，更加希望将我们的职业能力、公司能力以及专业能力用于推动中国体育事业的发展，而不光是做生意。

我们公司的社会公益活动也将随之开展下去，这里面包括在紧急灾害的情况下，所有员工全部参与。另外我们还有一个"李宁基金"，是专门从事社会公益活动的。今年我们的全部公益活动的投入数据还没有具体统计出来，不过根据我的估计，大约在6000万（人民币）左右，都用在扶贫、教育、体育这些方面。因为我是广西人，所以我在广西的投入也比较多。可以说，公益活动也是李宁公司战略规划的一部分。

我做了这些工作，但放弃商业活动和事业，去专职做慈善基金这样的打算，暂时还没有。中国这个社会需要大家有爱心，但是更加需要工作上有所创造。因为还有很多人等着吃饭。发展经济对中国社会是最重要的事情，至少在目前是如此。虽然说现在有很多副作用，但是不发展经济，再有爱心也没有用。只有经济发展了，才能在空间上作出调整。

在广州的时候我们去按脚，跟按脚姑娘聊天的时候很有感触。她们很苦，但是在家乡会更加苦。出来不能改变多少，但是多少会有所改变。如果她们不出来，就跟这个社会脱节了。她们发现自己的生活跟社会差距很大。所以说政府的责任大。

这是我第三次到接受中国粮食援助的国家考察了。这次活动中看到了很多接受中国粮食援助的孩子，拍了很多照片。回家后，我会给我的孩子看相关内容。每次出来都会拍摄一些照片，然后回去跟我孩子交流。有些国内活动我也会带着孩子去。我孩子所在的学校会定期组织活动，像募捐啊，义卖啊。年纪大一点的孩子会把用旧的东西拿出来卖，家长也会过来，赚的钱捐给慈善机构。

今天看到的这些孩子，就跟我女儿一样大。我女儿可以在一个很安全的环境下生活，而这些孩子生活条件差，吃得也差。不过这算是不幸中的万幸，现在有这么多组织和这么多人帮助和关爱他们，多少能够有一些改变。但是这个世界……相差太远了。所以我们要感恩，我们很幸运。

做慈善还是需要专业性的。比如，想要当义工还是需要一点技术的，不是光有爱心就成。跟什么样的老人说什么样的话，这是需要技巧的，跟孩子也是这样。我在这方面就差一点。我下一次希望能够找个儿童技师什么的，学一点儿童游戏，唱唱跳跳，学点手语，做点小玩意儿。不然你能跟孩子玩什么？我只能拿大顶了。现在老了，翻不动了，不然还可以翻两个跟斗。

这是需要有点技巧的，不然达不到效果。

这次出来我带了一大堆给柬埔寨孩子的糖果。事实上，每次参加粮食计划署的出国考察活动，我们都会带上一大堆糖果。孩子们喜欢棒棒糖，你拿根棒棒糖给孩子，他们高兴得不得了。这是全球通用的，不需要语言。我们每次出来带的棒棒糖都不够呢，要分给几百个孩子，不是每个人都有的。

有一次一个场景特打动人。当时去莱索托的艾滋孤儿院，我们带去的棒棒糖不够分，有个大一点的孩子拿到了棒棒糖，舔了一口，又转给旁边一个孩子。没分到的孩子都舔一下。那么小的孩子都懂得分享。

## 未来更精彩

退役这么多年，一直有人问我：你现在还会特别怀念自己做运动员最辉煌的时候吗？我喜欢跟队友和教练在一起，但是最辉煌的时候……我都已经忘了。没有什么特别怀念的。我现在憧憬未来，我一直都憧憬未来。

在被人称为"体操王子"的时候，外人觉得可能是充实和充满了成功的喜悦。事实上，我当时睡觉都经常被吓醒，担心训练比赛什么的跟不上了。对于人生来说，这是非常可贵的经历。但是也没什么可留恋的。未来更加精彩，还是向未来看齐吧。人生一晃就过去了。我进队的时候才8岁，40年前的事情。我现在要是回队，回到广西那儿的体操队去，那就是名副其实的老革命。早两天看报纸，张艺谋已经60岁。你看，我就是下一轮退休的人选。

也经常有人说，运动员当中我是转型最成功的。但我想说的是，别拿我跟运动员比，我都出来20年了，人跟老头儿一样的。要说中国社会发展的事情，不能说哪个行业的事情。你是记者，你也一样可以改行做生意，都是社会人。不一定说运动员就一定要做运动员的事。我现在也就是出来找吃的。现在大家都转型成功了，谁不会转型呢？运动员变成教练也是需要转型的。天生我材必有用，这是最重要的。

从前在体操队里，目标很单一、很明确。但是人生并不都是有目标的，有时需要你自己去寻找一个目标，这个可不容易。在体操队里的时候，旁边还有人鞭策你，说你要努力要奋斗。但是人生路上是没有人鞭策你的，只有你自己走。有时候拿金牌的人水平未必是最高的，只有坚持到最后的人才能成功。

如此坚强地站起，如此坚定地伴随，

拿不拿金牌又有什么呢？

他们用不离不弃的"拉手"诠释

给众人花滑世界里最动人心魄的魅力。

盛世绘就梦想  /

# 申雪、赵宏博：拉手便不能放开

◎ 一 盈

申雪、赵宏博，中国花样滑冰队运动员。两人 1992 年开始花滑合作，4 个月后即获得全国锦标赛冠军。2010 年 2 月 16 日，在合作 18 年后，终于夺得了中国体育史上首枚花样滑冰奥运会金牌。

## 1

晚上 9 点钟打电话过去，赵宏博接的，声音压得很低："小雪休息了，今天在舞蹈学院学习，又蹦又跳三个多小时，累坏了，让她好好睡吧。"

有着想象中一模一样的怜爱、呵护、体恤。我甚至能够想象那位躺在床上的女子，或许已经香甜地入睡，或许听到爱人这番话，会心一笑，继而翻个身舒适地闭上眼睛。北京的冬夜寒冷而漫长，但属于他们的，依旧温馨安宁。

从今年下半年开始，申雪、赵宏博洗却冠军风采，来到北京舞蹈学院学习现代舞。昔日万众瞩目的殿堂级花滑明星，今日校园里的平常学子，无论对于学者还是授者，均无须太多转换。

"老师不会因为你是明星就网开一面，做不好动作一样挨训；我和小雪也没有把自己特殊对待，该努力一样得努力。

"比如老师今天教授的舞蹈技法，明天就要用技法编排舞蹈，与花样滑冰几乎是一模一样的，都要不停地练习、琢磨。"

一个已经38岁，一个已经33岁。他们没有选择舒适安逸的居家生活，却把自己抛入另一个高速旋转、困难重重的领域之中，他们形容这是"第二个奥运之梦"。

今年7月，他们刚刚完成"2011年冰上雅姿"花样滑冰商业演出。此次演出分别抵达北京、上海、台北三个城市，邀请到俄罗斯的亚古丁、日本的荒村静香、美国的强尼·威尔和萨沙·科恩等六大奥运金牌得主联袂演出，甚至还有电视剧《欲望都市》的主角扮演者莎拉·杰西卡·帕克作为现场嘉宾。

整场演出以"都市"和"时尚"为主题，把花样滑冰的艺术与至美诠释得淋漓尽致，被媒体评价为"中外艺术家携手打造的现代都市艺术盛宴"。

去年，他们在国内首创性地推广"冰上雅姿"花滑盛典，并把自己耽搁近三年的冰上婚礼作为现场最大的亮点。圣洁的冰面上，在恩师姚滨的钢琴演奏以及"海豚公主"张靓颖天籁般《天下无双》的歌声中，这对"天下无双"的冰上情侣一袭婚纱礼服，缓缓滑向对方，正式结为冰上伉俪。紧接着，浅田真央、普鲁申科、亚古丁、强尼·威尔、兰比尔、珍妮·罗切特等10多位国际冰上巨星纷纷登台献艺……虽然饱受"卖婚"争议，但花样滑冰毕竟在他们的运作之下，成为2010年最IN的艺术盛事之一。

"推广"是他们目前的工作重心。曾经，他们在世界各地巡演，看到国外花样滑冰有非常深厚的群众基础，绝不只是为国争光，更是一种生活的享受。于是，他们决定退役后，要在中国把花样滑冰推广开来，令更多人享受其中。从埋头苦练的花滑运动员，到如今的花滑推广大使、冰上艺术家，我们很难想象，申雪、赵宏博走过了一条多么艰辛而曲折的道路，但可以肯定的是，随着越来越多冰上俱乐部的成立以及商业运作的成熟，今天的花样滑冰正在从单一的体育世界走向广袤的都市生活，走近普通民众。

## 2

据说，花样滑冰的行话叫作"拉手"。

佛说："百年修得同船渡，千年修得共枕眠"。那么"拉手"呢？

我们并没有专业化的标准解释，只有申、赵的恩师姚滨在偌大冰场边严厉疾呼："拉手不是随随便便的事，也没有轻易说分开的。两人生一起生，死一起死！"

这应该是姚滨内心最真切的呐喊吧！作为中国花样滑冰队总

教练，也是把中国花样滑冰从谷底推至辉煌的"教父"，执教20多年来，他见惯了太多的拉手、分手，甚至包括自己，也与第一任花滑搭档栾波因种种原因无法继续拉手，最后只得含恨离开冰场。抛却技术的原因，拉手的奥秘究竟在哪里？

"是信任。"赵宏博说。

在申雪眼中，赵宏博便是一棵大树，因为他总是稳稳地站在那里，接纳自己，支撑自己；而在赵宏博看来，申雪则是猴子，可以在自己的枝干上随意玩耍嬉戏。于是我们看到了他们因全心信任与依赖而产生的那些令人惊艳的动作：托举、抛跳、螺旋转、捻转、三周跳、四周跳……

这的确是一项美丽与危险并存的运动。如果说冰面是白色的，那么在运动员眼中，它一定是红色的，充斥着血水、泪水与汗水……而他所能做到的，便是付出一个男人全部的担当与能力，宁愿摔了自己也不愿伤了她。或许这绝不仅仅是一名运动员的职业道德，更是一个男人的责任。

记得有一年在哈尔滨训练，两人共同练习一个托举动作。因为冰面不太好，上面布满深深的划痕。正当赵宏博快速旋转时，冰鞋不小心陷到冰面上的划痕里，身体顿时失去重心，而他下意识的反应不是跌倒，而是把她猛然拽回到自己身上。结果他重重地摔倒在冰面上，而她则狠狠砸在他身上，差点令他脑震荡。

所以我们不难理解两人的状态：一个运筹帷幄，一个小鸟依人；一个全盘操控，一个相随相伴。从职业发展、技术定位、财务管理直到铺床叠被、吃饭穿衣，甚至制造生活中的小惊喜、小浪漫……申雪曾经开玩笑："全他管，所以他一定是上辈子欠我的。"

但是拉手好比《致橡树》中所说："我们分担寒潮、风雷、霹雳；我们共享雾霭、流岚、虹霓。"2005年8月，正当他们积极备战都灵冬奥会时，赵宏博突然跟腱断裂，那清脆的"啪"的一声，几乎扭断所有人的奥运之梦。

最艰难的时候，教练姚滨说："赵宏博几乎成了3岁的小孩子，分分秒秒折磨着大家，我们所有人都快精神崩溃了。"当他因恐惧训练发出狠话："如果我的跟腱再次断裂，我就杀了你们！"也唯有她一改小鸟的温顺，像一只凶悍的母狮冲他咆哮："你不是还没有断吗？给我跳！"

都灵冬奥会的结果大家已经知道，当所有人都认为他们不可能再次站在冰场上时，他们以一曲《蝴蝶夫人》的悲情与壮丽夺得了铜牌。许多人评价，他们是真正的无冕之王。是啊，如此坚强地站起，如此坚定地伴随，拿不拿金牌又有什么呢？他们用不离不弃的"拉手"诠释给众人花滑世界里最动人心魄的魅力。

## 3

曾经，李娜说："我恨网球。"

当我把这话转述给赵宏博时，他微微一愣，然后沉思道："我很理解，但幸运的是，我们不是这样的。"

回想起 2011 年"冰上雅姿"盛典中，在匈牙利小提琴家埃德温·马顿拉响的 I Believe 乐声中，申雪一袭白衣缓缓滑向冰场中央的赵宏博，两人牵手滑行共舞……聚光灯下，晶莹冰面上如同翩翩飞起一对相爱的蝴蝶……在那一刻，我热泪盈眶。

仅仅是花样滑冰吗？毋宁说更是对爱情、生命的演绎与膜拜。正如杨澜所言："花样滑冰就像最直观的人生，每个人都会摔倒，你可以等别人把你抬出去，但也可以自己微笑着站起来。而此时的微笑，便是一种态度，告诉自己不放弃。"

如果说，两人的故事在 2007 年日本世锦赛时以一曲《沉思》摘金而终，他们已经足够成功，但一定没有现在的瑰丽。人们更愿意把 2010 年温哥华冬奥会上他们的复出，评价为"王者归来"。的确，一个 37 岁，一个 32 岁，顶着全世界狐疑的眼光，他们再次牵手冰场，以意大利作曲家阿尔比诺尼那首遗世独立的《G 小调咏叹曲》摘得人生中第一块也是最后一块奥运会金牌。

或许全身荣退容易，而功亏一篑常令人抱憾终生。说到复出，两人曾经表示因为出于对梦想的执着。然而经过两年沉淀，他们却发现没有那么简单，究其原因，还是因为享受那块冰。因为享受，那些得失都不再重要，重要的是不断站起，并保持微笑。更难得的是，还有一双手可以拉住。

曾经，他们在魁北克看枫叶，坐直升机飞越尼亚加拉瀑布，在维多利亚岛看原住民表演，在枫糖小店里自己做枫糖，在落基山里骑马，所有细节都很清晰，忘不了。

曾经，他们在维也纳旅行，天气非常冷，申雪点了一杯朗姆酒，他们都喝了一点，身体立刻热腾腾的，脑袋晕晕的，再一起逛逛露天集市，在广场上拍拍照，感觉很浪漫。

曾经，赵宏博在《沉思》中写道："冰面上互相都没见过，也不认识的男孩和女孩……我发现了她，我拉住了她，然后开始了我们很美丽的故事。"

幸福是什么？幸福就是不管一路颠簸，我们始终紧握对方的手。

## 夫妻做到这份儿上，算是真正的天作之合

今年的"冰上雅姿"，我们没有再邀请国外舞蹈编排大师，而是全部由我们亲自编排。可能在公众眼中，我们的身份正在从运动员转型为冰上艺术家。花样滑冰涵盖大量音乐舞蹈，这是我们的职业特性。但是把舞蹈元素运用于冰上编排以及对音乐、舞蹈的把握方面，我们中国现役的运动员还有所欠缺。所以我们最近半年一直在北京舞蹈学院学习现代舞编导，希望令花样滑冰的艺术表现更加饱满。

现场中我们设计了这样一个节目，是演绎一场婚姻的，两人不停地吵，小雪还甩了我一记耳光，当然那响声是音乐特效。大家都很好奇，为什么会有这样的创意。花样滑冰一定要打破一些传统，比如你总是看芭蕾也会厌烦。所以我们每一次总是努力在

冰上尝试一些新的风格，比如你看到我们拿着桌子表现婚姻战争，这就是现代舞的表现模式。

说到婚姻，去年我们在冬奥会上夺冠时，郑渊洁发表一篇博客文章说"夫妻做到这份上，算是真正的天作之合了"。还有人把我们的名字看作一个人的名字，说这个人的名字怎么这么长？其实我们是一对非常普通的夫妻，也有许多烦恼。比如说与老人的矛盾：做运动员这么多年，一直没有时间好好陪老人。现在终于和老人生活在一起了，老人也会像管孩子一样管着我们，也很烦。但我们，尤其小雪的心很"大"，能够用平常心维护家里各种关系，彼此相敬如宾。

至于我们两人，基本以我为主，小雪都是不争不抢的。比如装修房子，夫妻俩一般会吵架吧？但小雪就很随和，如果我和设计师定好了，她只是过来看看，要么说"好"，要么说"还行"，即使她不喜欢也不争，总是说"还行，就这样了"。

在双人花滑这个项目中，男性占主导地位，比如托举、抛跳各种动作都是由男性主导完成，久而久之，可能就形成我们目前这种相处方式了吧。

## 成功就是在冰面上再多练几个钟头，再多摔几次

一直有人告诉我们，他不是体育爱好者，但是看我们的演出

时流泪了，感觉我们的表演不仅仅是技巧、难度，更令他们感同身受的是，爱情与命运。花滑动人心魄之处一定是这样的，一支短短3分钟的曲子很可能便是一段命运的缩写。生活中，我们的经历比其他运动员多一些，就像当年我们曾在国际上受过很多很多的委屈，到最后一点点进步，拿到世界冠军，然后又受伤、退役、复出……记得得知我们复出时，加拿大花样滑冰舞蹈编排大师劳瑞·尼克尔立刻给一个裁判打了电话，那位裁判也是看着我们一点点拼过来的，知道我们受伤了，跟腱也断了……当时裁判正在开车，一听这个消息激动得"啊啊"一顿喊，使劲踩了两脚油门。这就是我们的经历，知道我们的人都说，申雪、赵宏博是很不易的一对儿。当在冰上演绎一些节目时，我们自然会融入对生活的感悟和看法，那些绝望、委屈、痛苦、坚持以及快乐，而这些感受，每个人都有。

最艰难的时候，我们当然也想过放弃。奥运会前，我们也想过到底去还是不去？如果输了怎么办，灰溜溜地走吗？我们也有选择，也有十字路口，压力很大，但是坚持下来就会是另一片天地。所以我们常说，运动员到最后就是坚持。不过又何止运动员呢？比如学英语，当你坚持比别人多背几个单词，你就会成功。对于我们来说，成功就是在冰面上再多练几个钟头，再多摔几次。

曾经中国的双人滑被戏称为"打狼"，也就是"垫底"。自从我们出现后，中国在这个项目上不再"打狼"了，而是一步一步走到巅峰。这几年下来，我俩、庞清和佟健、张丹和张昊在国际上取得的成绩，令国际花滑界感觉中国的双人花滑实力很强。因为这种"好印象",和我们相比,现在的运动员少经受了一些磨难,有的甚至自大、懈怠,在训练场上偷懒,这也不是一件好事了。

## 享受这片冰

体育真是一项残酷的事业,许多运动员都对自己从事的体育项目五味杂陈。对我们来说,冰面如同一个舞台,积累着我们的前半生,记录着我们的青春、爱情、荣誉、失败,但大部分时间我们是快乐的。很多游泳运动员退役时说,我再也不想这片水了,哪怕看一眼也很烦,这便是这个体育项目伤了一个运动员的心。但是,即使今天不是冠军,我们也很享受滑冰。我们接触了很多国外冰上爱好者,他们的身体条件、年龄都不具有做一个职业运动员的优势了,但是他们依然享受其中,继续在冰上展现自己最美的一面。记得我曾经见到一个40多岁的加拿大选手,在冰上让人又托又举的,她自己很享受,我们看着也深受鼓舞。事实上,国外很崇尚运动,像瑜伽、普拉提、跑步、登山,大家享受的是运动带来的活力,而非荣耀。

最近两年,我们一直致力于花样滑冰的商业推广,在目前的中国,推动这件事情很难。主要是大家觉得这项运动太难了,很多孩子吃不了这个苦。现在家家都是一个孩子,在冰上摔来摔去的,父母不干,爷爷奶奶更不干,所以需要我们做很多说服引导工作。中国花样滑冰现状很严峻，人才储备严重不足，现在我国职业花滑运动员不到 100 人，国家队只有 20 多人。这个项目要想更好地延续下去，一定要让更多人看到，并能主动参与进来。而这也是我们希望赶快把这个项目做好的原因，否则我们好不容易拼到现在，又退回到 10 年前了，太可惜了，这也是我们的"第二个奥运梦想"吧。

小雪之前对退役后生活的畅想，是"在一片安静的海边，钓鱼泛舟"，但现在我们不让自己安宁，承担起这么繁重的工作，说到底，还是源于对这份事业的爱吧，我们感受到花滑带来的快乐，觉得这些很值得我们去推广。记得有一次在日本演《图兰朵》，一对母女冰迷见到我们之后非常激动，母亲的英语不好，需要女儿做翻译。母亲一直在流泪，哽咽着说谢谢我们，看了演出之后让她的生活怎么怎么样……小雪更受不了，也不停地流泪。看到这样的冰迷，我们还有什么理由不继续下去呢？

画价这么高，我还是要撕画，
因为画是要给后人看的，
我坚信儿子一定比老子强，
下一代的眼光会越来越开阔准确。

**盛世绘就梦想** /

# 吴冠中：耄耋 "愤老"

◎ 一 盈

吴冠中，1919 年生，2021 年逝世，江苏宜兴人，现代著名画家，中国绘画大师。1942 年毕业于杭州国立艺术专科学校，后到法国学习艺术，1950 年回国。先后任教于中央美术学院、清华大学建筑系、中央工艺美术学院。吴冠中是现代中国绘画的代表画家之一，一生致力于油画民族化和国画现代化的探索，在海内外享有盛誉。油画代表作有《长江三峡》《鲁迅的故乡》等，国画代表作有《春雪》《狮子林》《长城》等。2002 年，吴冠中当选法兰西学院艺术院通讯院士，他不仅是首位获此殊荣的中国籍艺术家，也是首位获得这一职位的亚洲人。

采访吴冠中先生时，他 91 岁了。

曾经一位友人给先生拍了一张照片，并在照片右页大红底色上书一个大大的"寿"字。先生左看右看，最后剪去那红底寿字，只留下照片。

　　先生老了，亲友们总是劝他好好保养，要活到 100 岁。听到这些善意的祝愿，先生心里不是滋味。

　　不是惧老，而是他越来越感觉到"寿"字背后的空虚与乏味。如果精神与肉体能够同步衰老，那是一种值得欣慰的和谐，而先生不是这样的。

　　颐养天年的日子吴老过不来。养花养草玩鸟遛狗他不感兴趣，下棋打牌更不会，甚至从不过节、不过年、不办寿。去年孩子们央求为父亲办 90 大寿，先生坚决拒绝，认为"没意思"。

　　《吴带当风》里，先生写下这样一段话："如果再赐我一生，依然选择这苦难的艺术。只是我不应结婚，贻误别人的温馨。"

　　对于这种异于常人的"刻板"生活，先生有过自责。但是没办法，既然嫁给艺术，就靠艺术活命了，直至生命最后一刻。

　　采访吴冠中的路上遇到一小盆火鹤，翠绿的叶，火红的掌。心中一动，为先生买下。花语虽轻，先生依然欣喜地双手捧过，搁置在客厅洒满阳光处，茶几上的绿茶，已经泡得很酽了。

　　夫人躺在长沙发里，看有来客，努力站起表示欢迎。"脑血栓多年，现在脑子不太好使了。"吴老解释，扶着夫人再度躺下。

　　这对头发雪白、相濡以沫的夫妻，已经携手走过近一个世纪。

　　在北京方庄这个普通甚至老旧的公寓楼里，吴老先生的低调令人吃惊。问起看电梯的工作人员，竟然不知道先生就住在楼上。

有时先生下楼散步，被人认出来，总是笑着说，不是的，不是的。

房间简朴之极。据说几年前还是水泥地，硬是孩子们把双亲骗出，悄悄进行了简单装修。客厅一壁挂了一幅先生的绣作，再无更多装饰。画室仅有十几平方米大，只能挂些小画。阳台摆了植物，一大株蜡梅挺拔苍劲。

学生赵士英说，吴老从不讲究吃穿，一生精力都用在绘画创作和艺术创新上，物质生活特别简单。几年前，先生携夫人参加美术馆一个展览，那天下着倾盆大雨，两人在大雨中等了一个多小时打不着车，后来赶至美术馆时，二老浑身都湿透了。大家见状，感慨万千。

2008年胡润当代艺术榜中，吴冠中以2007年公开拍卖作品总成交额逾3.7亿元高居榜首。据雅昌艺术网不完全统计，吴冠中画作近年共上拍1858件，总成交额达14.6亿元，成交率80%，在国内在世画家中排名第一。

20多年前，吴先生便开始大规模"毁画"。

不忍下手时，便让家人抱着撕碎的画作下楼用火烧，自己在画室窗口俯视院内熊熊之火中飞起的纸灰，哑然无语……

即便在一画值千金的今天，先生依然毁之不悔，甚至为了创新，毁得更多了。世人嗟叹先生"毁楼"，痛惜否！

"除了艺术，别的一切，我都感觉虚无。"先生说。

1919年，吴冠中出生于江苏宜兴，典型的鱼米之乡。河道，水田，桑园，竹林，芦苇……是鲁迅笔下的风景，亦是吴冠中的乡愁。

曾经打算步鲁迅之后尘，一个偶然机会误闯艺术圣殿，从此交付身家性命，漫漫大半个世纪。

1993 年，香港艺术馆举办吴冠中专题展，名为"叛逆的师承"。无论"画师""宗师""法兰西学士院艺术院通讯院士"……太多浮名过眼，唯这"叛逆"二字令他怦然心动。

他的一生，叛逆独行。晚年创作《苦瓜家园》，自叹"苦，永远缠绕着我"。是的，可以试想那逆流而上的挣扎与苦痛。

幼年弃工从艺，青年弃法回国，壮年弃政治从事风景画创作……在某个时代，作为"放毒者"，他被批判、改造，再被批判、再被改造，以至于身染恶疾，试图以疯狂作画自杀；及至古稀高龄，依然因"直言"饱受争议。

先生热爱传统文化，却说"若传统成了越来越厚的板，必将压死子孙"；善用笔墨，却认为"笔墨等于零"；尊重国画大师，却说"一百个齐白石顶不上一个鲁迅"……

年至耄耋，依然痛斥中国美术界之怪现状，甚至疾呼取消美协、画院，认为"画家作品不行，就得饿死""教学评估就是劳民伤财"；最惊世骇俗的是，痛骂"当今很多艺术活动和妓院差不多了"。

口诛笔伐，冷言暗箭。他的天年，不是宁静致远，反倒波涛汹涌。

于是晚年作品风格大变，少了曾经的恬淡诗意，多了内心的情绪万千。愤怒、激烈、欢乐与哀愁……人愈老，情愈浓墨重彩。

对于名家而言，变化意味着风险。他无惧，不怕 "晚节不保"，更不要做 "荣誉的囚犯"。

2008 年春天，先生将自己晚年代表画作在 798 艺术工厂展出，不剪彩，不请领导，不收门票。画展当天，先生道出一段往事："一直以为艺术是神圣的，然而青年时留学法国，偶然去蒙马特高地，看到来自世界各地的潦倒艺术家们贱卖画作，如同乞丐。终于惊醒，原来艺术就是一个贱民行业。"

他一生警醒，始终没有高高在上。是大师，更是草芥。

佳酿晚晴熟，霜叶吐血红。今天，91 岁的先生如释重负，因为终于把毕生画作无偿捐赠给国家，终于道出了那些 "真话"。

"我的艺术是属于人民的。" 先生慨叹，"如果我这一生没有说过假话，那么我将死得很宁静。"


## 长寿的秘诀就是忘我工作


我今年 91 岁了，在别人眼里，该 "颐养天年" 了。我不大喜欢那些表面的东西，喜欢安静过日子，平常主要画画、思考、写作，生活是比较孤独的。但习惯了，因为思考中会有新的感受，不感觉枯燥。反倒生活很热闹时，我会感觉枯燥。

对 "寿"，我是觉得，"寿" 字其实是有欺骗性的。人生的价值与寿命没关系，人有没有价值，不看寿命，而是看有生之年做了什么。有些人把长寿当成生命的目标，为长寿而求长寿，这就太茫然了。

我这一辈子啊，很孤独。我有亲人，但一步步往前走时，亲人渐渐不理解，你走得越远，中间的距离就越远。所以说，亲情，我并不很看重。至于朋友，只能某一段同路而已，过了这一段，各走各的路。一辈子的同道，几乎没有。

这就是为什么，别人看我的画感受到优美和诗意，但文字却经常提到苦。这也是一种"高处不胜寒"。尤其今天这个时代有太多的虚假，太坏的人心。与我们那个时代比，垃圾更多，人心更虚伪，所以更难求知音了。

有不少人觉得，看我最近的作品，感觉变化很大，不是越来越宁静，反倒有着更多情绪的冲突与宣泄。

我老了，人生的沉淀越来越丰富，甚至是悲壮。现在我的画有更多韵律动感，表达内心的波动。我已经不太在乎技法，更看重情绪如何表达。伟大的艺术作品一定是感人的，小路艺术娱人，大路艺术撼人啊！

这种变化也是有风险的，毕竟过去的风格已经被世人承认或者说尊崇，可我不怕，不会被过去的成就囚禁，成为荣誉的囚犯。我认为，人活着的价值就是创新，如果不创新就等于死掉了。而且老年人浑身是病，一旦为创新而忘我工作时，活得就舒服点了。

有人据此说，忘我工作是我长寿的秘诀。但事实上，我从不考虑长寿，也不考虑保养。我相信人的生命是自然，医药起的作用很有限，还是在活的时候做有意义的事情吧。

## 要说真话，不然要被钉在耻辱柱上

其实不只在个人艺术方面，在中国美术界，我也一直因"创新"饱受争议。对待创新，很多人反对。因为若创新，就必须把旧的改掉，可人家要靠这"旧"的吃饭呢。

我曾经讲，在我们国家，画院、美协很多很多，尽是国家的负担，是资源的浪费。实际上它与美术没有关系，它不懂美术，也管理不了美术。现在他们不同意我，但我觉得迟早得改革。这些不合理现象索性应该取消。这方面我是很痛心的。

艺术是野生的，不是家养的。作品是情感的流淌，如果没有对生命刻骨铭心的体验，再好的条件也白费。画家一定不是"养"出来的，而是从苦难中出来的。而且搞文艺，需要一种艺术细胞，没有细胞，绝对搞不出优秀的作品。如果不尊重这一点，笼统靠国家培养，肯定是失败的。

在讲这些话之前，我当然想过后果，想到自己有可能成为众矢之的。受攻击，不是现在才开始，很早的时候我就受攻击了，我这一生就是在攻击中度过的。我也不怕攻击，明知道我会受攻击，但有关国家前途的问题，有关人民文化生活的话，即便受攻击，我也必须要讲。

香港美术馆曾经为我举办个人展"叛逆的师承"，我个人非常看重"叛逆"两字。必须得有叛逆，否则一代不如一代。推翻成见，是知识分子的天职，如果向前进，是一定要把旧东西推翻的。我们现在拼命抱着些老东西，靠祖宗说话，唉！不是说不要这些东西，过分依靠这些东西，很少考虑其发展创新，其实就是阿Q精神，老子天下第一！现在还兴起了所谓的"国学热"，好多家长纷纷送孩子进书院，读"四书五经"。唉，落后得简直可笑，大家都回到五四运动以前去了。毛泽东曾经讲过，推陈出新。现在改了，不推陈，越旧越好。我是不要看这些东西，这是暴发户的无知！所以现在好些东西都是假的，很多文学是假的，艺术是假的，科学是假的，论文是假的！

因为我的这些想法，有人觉得我不像耄耋老人，称呼我是"愤老"。人啊，尤其成了老人，我感觉如果有话不讲，一味保证己身安全，是很可耻的，是要被钉在耻辱柱上的。

这些话如果不说，我感觉对不起人生，对不起社会。人家是越老越保守，我却越老越激进。哈哈，如果保守的话，我就是废物了，可以用火烧掉了。

## 天价？拍卖市场的"心电图"不准确

现在有人说我的画卖出了"天价"，我从来没有考虑价格。可能对有些画家来讲，画价高了就高兴，低了就难过。

我觉得一点关系也没有，因为作品没有经过历史考验。必须经过历史考验，很长时间以后才能定下价格，我希望我的作品由历史来定价。

我从来不去拍卖行，但有一次拍卖中，大概有幅画拍出好几千万，有个朋友在现场给我打电话报喜。我说，这个市场的"心电图"不准确。我半点兴奋也没有，感觉毫无意义。

有人说市面上我的画，90%是赝品，太多太多了，但也没办法了。我还为此打过官司呢，结果浪费了几年精力。

画价这么高，我还是要撕画，因为画是要给后人看的，我坚信儿子一定比老子强，下一代的眼光会越来越开阔准确。如果我留下丑陋的东西，是会被后人笑话的。

我不仅大规模毁画，还大规模捐画。最近几年，我将自己一生的代表作品无偿捐赠给国家，为什么呢？因为到这个年龄了，可以把东西留给谁呢？我不想被大买家收购，因为不需要钱，也不喜欢钱。我想把作品挂在博物馆里被后人观看、评判。我不需要钱，是因为我觉得钱没意义。

如果能够在有限的一生里，创造了，贡献了，这样的人生才有意义。否则您没有贡献，只是吃掉人民的粮食，坐享别人的劳动，这是可耻的一生。

现在有很多家长看到艺术市场这么火热，送孩子学习画画，试图以后当画家。如果为了养家糊口，我就不学美术了。市场这些东西都是误导，我劝那些家长不要把自己的小孩当成天才，成天学画画。我的亲戚朋友来问我，我总说，先让孩子踏踏实实学习文化课，先不要把他引导上艺术之路。

## 万万不当空头艺术家

之前我在798办画展，引起议论纷纷。因为798接近民间，艺术也可以是很民间的。其实不只是798，很多年前我也去过宋庄，穿一件很厚的棉衣遮脸，我想看看这些底层画家的生活状态。对于在穷困中仍然努力的人，我很同情；对于那些炒作、故作姿态、装腔作势的人，我充满鄙视。798、宋庄这种现象很正常。其实不只我们国家，世界各地都这样。法国也很多，20世纪50年代我们在法国留学时，在巴黎从事艺术的，职业的、半职业的，有十万人，大部分过的都是半流浪生活。没有生活，艺术是没有生活的！艺术也不会给您报酬，除非您有创造性，一生保持创新。但这样的人，不是说一个时代寥寥无几，一百年、两百年都寥寥无几。所以我觉得艺术家，还是少培养为好。

但还是有越来越多的人投身于此，像一场狂赌。很多人的心态都不正常的。人越来越不诚实，尽想占便宜，投机取巧。所以鲁迅那么恨空头艺术家，他说儿子没有才能，找些小事情做做，千万不要当空头文学家。

现在这个时代比起鲁迅时代，空头艺术家多了几倍！搞文艺的最容易空头，害人啊！如果我是今天的年轻人，绝不会搞这个

空头的艺术，我会搞实际的东西。因为在我们的年轻时代，还是
能够看到真正的艺术家，为他们的才华及人格魅力所倾倒，可以
追随，可以奉献毕生。但是今天，视线所及，艺术皆是假的，空
头的。所以我的孩子，没有一个是搞美术的。我是有意不让他们
学，因为不愿意害他们，不愿意他们将来成为空头艺术家，成为
一个假冒伪劣的人。

身处逆境而从不灰心丧志，
能以极大的韧性迎接苦难，
克服困难，
而永远表现为从容不迫。

# 秦怡：最好的女子

◎ 一　盈

秦怡，1922 年生于上海市，中国著名演员、艺术家。1939 年，参演个人首部电影《好丈夫》。1982 年，获得第 1 届大众电视金鹰奖优秀女演员奖；1995 年，获得中国电影世纪奖最佳女演员奖；2009 年，秦怡获得第 27 届中国电影金鸡奖终身成就奖。2015 年，入围第 7 届澳门国际电影节最佳编剧奖 。2018 年 9 月 3 日，由其参演的剧情电影《那些女人》上映 。

## 1

再过一年，秦怡便 90 岁了，但我还是想称她为"女子"。

恰是上海的黄梅天，小雨淅沥，第 14 届上海国际电影节，在镁光灯的追赶下，白发红唇的秦怡款款走过长长的红地毯，一袭黑底洒金套裙，气度高贵，仪态万方。当天晚上，她为冯小刚颁发"华语电影杰出贡献奖"。而就在 2 年前，在同样的舞台上，她自己则从主持人手中接过代表中国电影至高荣誉的"华语电影终身成就奖"，颁奖词为："用温暖点亮艺术，用人格照亮时代。"

光影变幻的电影长河，所谓明星，多如流星划过夜空，仅仅留下瞬间的光亮，然而秦怡却可以穿越时光，历久弥新；姹紫嫣红的女性世界，所谓美丽，更如梦幻泡影，然而她却可以打破这个魔咒，越老越美丽。于是你不能不相信，在这个"一切有为法"的世间，总有一些奇迹可以相信，更有一些光亮值得我们细心品味。

翻开秦怡的故事，如同翻开中国电影发展历史。从一名逃离上海封建家庭的大家闺秀，到 16 岁出演《中国万岁》里只有一句台词的小演员，直到 2008 年以 87 岁高龄出演电影《我坚强的小船》，中国电影百年历史，她便亲身经历了 70 年。70 年里，中国电影经历了无声、黑白、彩色直到今天的 3D 电影，而秦怡也因《青春之歌》《女篮 5 号》《遥远的爱》《雷雨》《铁道游击队》等一系列脍炙人口的电影作品成为抗战时期重庆的"四大名旦""新中国二十二大电影明星""中国十大女杰"……一代银幕红颜，芳华绝代。

她的美貌更令人惊叹，人们称她为"秦娘美""东方舞台上的英格丽·褒曼"，周总理甚至赞美她为"中国最美丽的女性"。

一个女子，当简介进行到此，已经足够完美。但是正如作家陈丹燕在《上海的金枝玉叶》里用到的那个比喻："好像听见胡桃夹子正在夹碎坚果的碎裂声，清脆的碎裂声，听进去就能感到它的病苦，然后，你才能闻到里面淡黄色果仁的芳香。"一个胡桃，若没有用力敲开时的惨烈，哪里有四溢的芳香？一个女子，若没有火与冰的淬炼，怎么能够抵达如此丰沃、如此敦厚的大地本色？

## 2

今年清明节，秦怡再次来到位于上海青浦的福寿园公墓。仲春时节，迎春紫荆花闹，二月兰开得漫漫无边，秦怡把一束鲜花轻轻摆在丈夫金焰和儿子金捷的墓碑前。丈夫在经历疾病长时间的折磨后，于1983年去世；而儿子小弟（金捷的小名）在16岁便患上精神分裂症，因长期服药，59岁那年去世。绿草萋萋，秦怡的黑衣白发在静谧的墓园里显得格外刺目，许多人以为她会流泪，但是她没有。

对于20世纪20年代的中国人来说，如果还记得无声电影影后阮玲玉，那么一定不会忘记金焰。《野草闲花》《黄金时代》《恋爱与义务》《壮志凌云》……金焰主演的电影作品不仅点缀了上海滩繁华沧桑的流金岁月，也令自己成为当时的"电影皇帝"。彼时的秦怡和白杨、舒绣文、张瑞芳并称为重庆"四大名旦"。名旦与影帝的结合，是任何年代永恒的八卦，风光无限，话题无边。

回忆婚礼，秦怡调侃，"净是一帮名老头儿瞎起劲"。吴祖光亲自操办，郭沫若、翦伯赞等跟着"起哄"，一共摆了5桌酒席，所有人都喝醉了。翦伯赞拉着新娘的后衣角唱："我要做你的尾巴……"新娘一看不得了，赶紧拉着大历史学家的衣角唱："我要做你的尾巴……"

那是怎样的一对金童玉女啊！一个芳华绝代，一个风流倜傥，更何况对方还是一个"非常非常漂亮能干"的男人。"他会开汽车、开飞机，会打机枪、步枪、手枪，做衣服、炒菜样样都会，如果他拉一次小提琴，回来后立刻可以做一把。"所以说到爱情，秦怡朴素地说："如果世界上真的有爱，那么就是他了。"

有时候你不得不怀疑，或许世间真的有一个神奇的潘多拉盒子，里面盛满酸甜苦辣、人生百味，每个人的总量都一样多，上帝不偏不倚。盛大锦绣很有可能是灾难的前兆，长夜漫漫也很有可能意味着另一段柳暗花明。70年银幕生涯，秦怡塑造的角色不下百位，然而最成功的也是成就她"用人格照亮时代"的角色，却是一个男孩的母亲。

儿子金捷天生内向敏感，满脑子奇思妙想。

出于对电影的热爱，更出于报效祖国的热情，秦怡与金焰忙于拍戏，四处奔波，忽略了对儿子的关爱与疏导。这是秦怡的遗憾，更是那个年代整整一代中国人的悲哀。

由于长期孤独，缺乏正确引导，儿子于16岁那年出现精神分裂症状。而彼时的"电影皇帝"金焰刚刚做完胃切除手术，留下综合性倾倒征，在日后长达20多年的岁月中几乎卧床不起。最困难的时候，因为操劳过度，秦怡自己还患上肠癌！

作为全家唯一的经济支撑和精神支柱，病中的秦怡带着儿子四处拍戏。在海南兴隆农场拍戏时，烈日炎炎，高温酷暑，病中的儿子更加狂躁了。百般安抚仍然控制不住，儿子竟然一把扯过母亲毒打。1.81 米的大个子，拳头又狠又重地砸过去，秦怡只好抱住脸，百般乞求："打妈妈的背，别打妈妈的脸，打坏了脸没法拍戏！"

曾经有一度，儿子不得不被送入精神病院治疗。那时候恰好拍摄《雷雨》，拍摄点与医院离得不远。每有拍摄空当，秦怡来不及卸妆，穿着鲁妈的衣服就飞奔到医院喂儿子吃饭，再飞奔回片场；还有时刚刚接待完外宾，布拉吉（连衣裙）都没有换便跑到医院照顾儿子。奇怪的是去的路上健步如飞，可是离开时，听着精神病院一道道大门咣咣地关上，看着一辆辆回家的公车在面前驶过，自己却突然像泄了气的皮球，呆坐在黑暗中，一坐就是一个多钟头。

## 3

此时此刻，我不由得心痛起来。再次翻阅这个时期秦怡的电影作品，《女篮 5 号》中的林洁、《青春之歌》中的林红、《铁道游击队》中的芳林嫂、《林则徐》中的渔家女、《雷雨》中的鲁妈……当观众纷纷为这些或优雅或伤感或热烈或浪漫的女性形象唏嘘慨叹时，有多少人能够看到那美丽背后的苦难，那芳华下面的无尽深渊？一只鸽子要飞越多少海洋才能停靠沙滩？一个女人要承受多少负累才能获得安宁？

天黑了，什么时候才能亮？想起在经历锦衣玉食、"文革"抄家、生死别离漫漫一生的苦难后，"上海四小姐"戴西临终前静静地说："如果生活给我什么，那么我就接住它。"

是啊，不用思考生命的意义，正如金捷评价母亲，"做啊做啊做个不停"。或许正是这么一种简单的智慧，令那个年代的女性穿越黑暗，以一种灼热而源自生命内在的本能战胜重重磨砺，最终抵达优雅从容的大自在、大无畏。而这种精神，令今天的我们自惭形秽，自叹弗如。

2007年，金捷因肺部感染溘然长逝。临终前，儿子轻轻抚摸妈妈的手："没有了我，你终于可以省心了。"所有人都这么想，但事实上远非如此。就在我拨通秦怡的电话时，隔壁96岁老姐姐的精神又失常了，秦怡只好匆匆挂断电话前去抚慰。老姐姐终身未嫁，终身没有工作。身为妹妹的秦怡，因为这是生活给的，所以她照顾了姐姐一生。

今天的秦怡，被人问到最多的是如何美容养生。事实上，89岁的她依然吃剩菜剩饭，不美容，不护肤，最大的保养也不过是用冷水洗脸。曾经，她创造过一件衣服穿30年的历史，但这一点儿也不妨碍她做好头发，画上淡妆，款款走过红地毯，一任光影变迁，一任逝水流年。身边的"星星"们明明灭灭，唯有她，用白发红唇，用仪态万方，告诉我们什么叫真正的美丽，什么叫真正的明星。

想起吴祖光的《秦娘美》："云散风流火化尘，翩翩影落杳难寻。无端说道秦娘美，惆怅中宵忆海伦。"想起《上海的金枝玉叶》："有忍有仁，大家闺秀犹在；花开花落，金枝玉叶不败。"

这便是最好的女子吧！面对生活，不卑不亢，把苦难过成美丽。

## 朋友喊我"Yes 奶奶"

今年上半年，秦怡艺术馆在上海浦江镇成立。好多人都说，以名人之名成立艺术馆并不罕见，但他们觉得罕见的是，我已近90岁高龄，说出"艺术馆不是句号，而是起点"这句话。确实是这样，我还想继续和大家一起探讨学习。学习真是太重要了，我现在天天学习，读书看报。只有学习才有思考，才能分析对策。只有了解大环境、大方向，你才有可能跳出你自己眼前的那点东西，不再会为了一点点小事拼命。

不仅学习，我现在还特别忙碌，经常出现在各种场合，甚至87岁时还拍了电影《我坚强的小船》。我自己还想写东西、插花、学习，可很难抽出时间。朋友喊我"Yes 奶奶"，什么事情都答应，盛情难却啊！所以我一个月就两三天的休息时间。人老了，工作的年头也多了，趁现在还有点力量，能做的就尽力去做。至于拍戏，也就拍那种老年人的，两三个镜头，因为人家实在需要，我又有这个余力。

不过这个余力也不轻松。有拍摄任务的时候，我基本上一天都不吃不喝。因为我患过直肠癌，肠子割掉了，吃了东西喝了水之后就很不容易控制。我想，天气那么热，大家都好不容易进入拍摄状态，如果我一会儿要走开，一会儿要走开，就很讨厌。所以就是早上起来嘴里抿一点点水后，一天就基本上不吃不喝了。这样子到晚上拍完戏，回家再去吃。

## 我时常想起他们

谢晋导演每次提到我，总说一点架子也没有。很多人说我"对比今天的电影明星，真是天壤之别"。什么原因呢？那是因为今天的人把自己抬得太高了。现在的电影人条件非常好，希望他们利用这么好的条件去拍好片子，不要过多考虑名利和享受。想发财？改行搞别的好了。

从事艺术创作的人，不能脑子里只有钱、享受，要舍得花时间和力气琢磨。

于蓝、赵丹、孙道临……我们是同时代的"新中国二十二大电影明星"，走到今天，人们经常看到的也只有我了。我经常想起他们。想想这些大明星们，即使戏演得再好，他们满足了吗？不满足。人就是这样，欲望太多，想永远漂亮，永远出名，永远有钱……可能吗？不可能。任何事情都是变化的，不如多想想如何帮助他人，帮助他人就是帮助自己。其实我的日子也不好过，我姐姐96岁了，天天讲要死了，医院也不收，那我怎么办呢？只好自己做自己的思想工作，让自己的心态平衡一些。

我自己的演艺生涯中，因为演主角不多，所以我自己定义为"跑龙套"。从一个"跑龙套"的到今天的"华语电影终身成就奖"，很多人问我，这背后的力量是什么？我就能想起很久以前的一件事情。1946年在上海拍摄《遥远的爱》，演对手戏的是当时的影帝赵丹。赵丹每天有很多花头劲（上海话，小聪明），电影里他有一根拐杖，所以他一天到晚就在玩拐杖，琢磨拐杖应该这样耍、那样耍。我就问他："你花头劲那么多，我怎么一个也想不出来？"他说："哎呀小青年，花头劲都从生活里来。"我说："我想不出来也对，现在也不需要很多花头劲。"因为电影中，我扮演他的女佣，一个从农村来的女孩子，只要老老实实就好，太多花头劲反倒不像了。那时候我就体会到，演员和演员，不管你有多大，我有多小，但我们都在一个组里，好好演好自己的戏，就对了。

## 从小爱到大爱

儿子走了已经近4年了，我儿子去世以后，我几乎都不能活了。后来偶然开一下电视，看到潍坊有一个男孩子，他在孤儿院里长大的，22岁得了骨髓癌。有记者去采访他，他说，我就想见一见我的亲生父母，他们一直不出现，不见我一定有他们的原因。然后他说，我的病是治不好了，所以我希望能够把好心人捐给我治病的钱送给孤儿院里的小朋友们，做几件棉衣，让他们能够吃上饺子，吃上糖果……这时我的眼泪止不住了，但是我心里舒服多了，这么好的孩子22岁就死了，我的儿子不过就是生了病，而且他已经活到59岁了，好了好了，不要那样一天到晚难过了。你想想别人的孩子，这么好，可是他们都走了，那怎么办呢？所以我这么一想以后，心情会平复很多。

这么多年来，我就是依靠这种心态走过苦难的。如果坏的事情来了，也不能着急乱了套。乱也没有用，因为你必须得活着呀。就像我儿子死了，难道我也不要活了？可是当我看报看电视，看到有千千万万孩子苦得要命，多少好孩子为他人牺牲了，怎么去想？说起来，好像是大话，但是这种话是对的，怎么样还是要从小爱到大爱，无论是哪一种事情，在大爱里深悟了，就想得开了。在小爱中钻牛角尖，怎么也想不开。

吴祖光曾经这样评价我："身处逆境而从不灰心丧志，能以极大的韧性迎接苦难，克服困难，而永远表现为从容不迫。"应该说克服困难是中华女性的美德。很多人都觉得很遗憾，说今天人们的承受力越来越弱。不要这样，要坚强，不坚强苦难就不来找你了？一样来找你的，反倒是你坚强了就不觉得苦了。我觉得人一定要有居安思危的意识，然后镇定下来，把苦难当作一种考验，这样想了，人生就两样了。

## 多想那些美的画面

很多人觉得一个女人美丽并不奇怪，但"相由心生"，我经历这么多磨砺，反倒"越老越美丽"，他们觉得特别奇怪。如果相由心生，那就多想想那些好的画面。比如我先生会做很多灯，过年时我们也会买很多那种纸糊的灯，有兔子灯、莲花灯……各种各样的。天黑以后，他就在房内的每个墙角都挂上灯，把电灯都关了，这个画面很温馨，非常美。还有我儿子后来那些年一直画画，我经常陪着他去公园写生，那种时刻也很美。

有时候也会想，如果当年不那么忙，给丈夫、儿子多一些陪伴，苦难的程度是否会轻一些？但事实上不会的，先生是喝酒把胃喝坏了。孩子倒有可能。要是我常常在家里，就可以跟他解释疏导，或许不会发展到那种程度。但那是时代的问题，当时的工作叫作任务，叫你去哪儿就得去哪儿，不然工资不拿了，全家都别活了。工作第一，不是家庭第一。

我曾经说过自己是一个远离幸福的人，到了今天，我就想，既然我这样都可以活下来，还能活到90岁，寿数也不算短了，所以我并不算痛苦的了。而且虽然我很累，一生经历了很多磨难，但因为我一直有目标，总是不断督促自己，所以烦恼的事很少。我觉得一个人活着只要有追求，加上努力，不一定能成功得不得了，但肯定可以好一些。

只要活着，就是胜利。

就像一棵树一样，

活着，总能够慢慢长大。

盛世绘就梦想 /

# 俞敏洪：活着，总能够慢慢长大

◎ 韩　亚　张雯淇

俞敏洪，1962 年生，毕业于北京大学西语系。1985 年任北京大学外语系教师，1993 年创办北京新东方学校，2003 年成立新东方教育科技集团。现任新东方学校校长、北京新东方迅程网络科技有限公司董事长等职。其人博闻强志，娴于辞令，幽默儒雅。他精通英语，尤工词汇，是颇负盛名的英语教学专家。

新东方在商业上的成功让很多人觉得我成了"传奇人物"，同时也有了几分神秘色彩。传奇人物？我才不是呢！我觉得人们对于传奇人物的定义不对，只要一个人做了一点点事情，就被冠以"传奇人物"的头衔。我觉得传奇人物的定义应该是违反了物理或化学定律还在那里自由自在生活的人。比如说一个人从 15 层高的楼上纵身一跃，如果掉到了地上，摔死了或摔伤了，就不是传奇人物；如果他飞起来了，或者轻松落地，就是传奇人物。我见过很多被封为传奇人物的人，没有觉得他们有什么传奇的地方。很多人只是认认真真比别人多做了一点事情，或者做事的方式独特了一些，就被叫作传奇人物了。其实他们只是比常人更加努力和用心一点，做出了一般人认为自己做不了的事情。也有很多媒体称我为传奇人物，我听了觉得好笑，因为我觉得自己再普通不过，甚至觉得自己很笨，因为我从小到大成绩都很一般，考大学考了三年才考上。怎么做成新东方的？慢慢磨出来的呗。因为大脑不够用，只能一心一意做一件事情，所以新东方就起来了。新东方也没有太多的创意，只是认认真真地教学生，学生就来了。我自己很平常，1 岁到 18 岁在农村，农活干得不错；18 岁到北大学习；23 岁从北大毕业，然后留在北大教书；30 岁从北大出来，成立了新东方学校，然后就一直干到今天。和大家一样，每天吃三顿饭，晚上也睡觉。不同的是可能很多人干一件事久了就烦了，我不烦，我干一件事干得越久越来劲，所以到今天还在对学生不亦乐乎地重复昨天的故事。

当初办学根本就不是出于什么要为中国教育做贡献之类的理想。当时连活下去都困难，哪来什么为教育做贡献的理想，纯粹是为了活下去。当时我联系出国，美国人就是不要我，我把仅有的一点存款都花完了，家里没钱了，就只能背着书包出去教书，捞外快呗。当时北京已经有很多语言培训学校，我业余时间去当老师，挣点钱补贴家用，讨老婆的欢心——我怕自己太没出息被老婆休了。我在北大十多年，眼前女孩经过了上万个，好不容易追到一个，如果再被甩了，就得一辈子打光棍了。在外面教了一段时间书，就觉得自己如果办一个培训班，不就能够挣更多的钱了？所以就决定成立一个学校，自己干上了。后来学生越来越多，新东方就活下来了，发展了，就有了今天。现在我们确实开始想着为中国教育多做点事了，至于怎么做我们还真没有想得太清楚，慢慢做吧，只要良心好，就能够做成事情。很多人都喜欢谈远景、理想，我们不喜欢谈太多，有一点上进心就行了。

从一名英语教师到一位企业管理者，新东方也从一个由一群教书匠组成的学校成了一个极具活力的现代化企业。这个过程中，艰难的、难以跨越的事情太多了，最难超越的就是我自己——陈词滥调，但是充满了真理。我真想把自己变得无所不能，但实际上每一个人都充满了平庸和无能，但也正因为这样，我们才能够享受平凡的生活。我们来到人间，就是让我们来体会每一天微不足道的快乐，那些体会不到快乐的人，就会天天生活在痛苦中。

我多次说过，我是一个很容易满足的人，大家很奇怪，一个容易满足的人怎么会取得世俗意义上的成功。满足不等于停止进步。我是不是一个很容易满足的人，要看什么方面了。比如我吃饭从来不挑，每天三碗面就打发了，方便面也行。穿衣服也不挑，我身上没有什么名牌服装。对于新东方做大做小，我也无所谓，不论大小，只要自己做得开心就行，只要来学习的学生开心就行。做得再大，自己不开心，一点意思都没有，把别人弄得不开心了，更没有意思。现在新东方做大了，我最害怕新东方的员工不开心，最害怕学生不开心，我自己开不开心都无所谓了。其实还是有所谓的，但是你周围人多了，你就得大公无私一点，所以有时候不开心也只能忍着。但我还是很努力的，我还在努力学习，读各种书籍。我还在努力学单板滑雪，常常摔得半死不活。人们说是"老狗学新游戏"，但我还是自得其乐。努力一点，使自己的思想和血液流动得更快一点。一个人的满足应该是对于物质世界而言的，思想和学习不能够满足，否则灵魂就死了，人活着就没有什么意思了。

新东方是民间资本办学，民间资本更讲求回报，新东方当然要有利可图。新东方不可能拿到国家的教育经费，相反，我们每年还要向国家缴纳各种税，如果没有利益，新东方怎么办下去？把我卖了也办不下去。新东方收取学生合理的学费，把学费转成老师的工资、教室的设备，使学生得到更好的培训和教育，互惠互利，实现双赢。新东方做到今天，越做越大，贡献都来自新东方的学员。很多人觉得做教育就不应该提钱的事，也许在基础教育领域和公立教育领域，应该是收取学生费用越少越好吧。至于私立教育，尤其像新东方这样的培训教育，完全在市场经济下，如果不收学生的学费，几天就得完蛋。教育和赚钱是矛盾的？也许这样说更好一点：如果办教育的目的就是为了赚钱，这是错误的；如果把提供优质教育放在首位，让学生自愿出钱来学习，这是很正常的。我觉得教育和适当的盈利是不矛盾的，适当的盈利是为了把教育进一步办好嘛，这样的良性循环，对中国也许更有好处。

也有人说新东方"化腐朽为神奇"，问我新东方的教学究竟有何神奇之处，和传统教学有什么不同。新东方没有什么神奇之处，我们只是要求老师更加理解学生，知道学生想听什么，并且以恰当的方式把知识传授给学生。其实所有的能量都在学生身上，只有学生自己想学，才能够真正学好，所以我们强调老师要调动学生的学习积极性。中国的传统教学讲究一板一眼，新东方喜欢欢蹦乱跳；中国的传统教学以老师为中心，新东方以学生为中心。我们对老师主要有4个方面的要求：教学内容、激情、励志和幽默。教学内容就是要求老师上课时内容丰富，基础扎实，讲课熟练，切合主题，少讲废话。激情是贯穿整个授课过程的一种感染力，一种让学生感到你在拼命的精神。激情是通过老师的行动、语言、语调和发自内心的对教学的热爱体现出来的。新东方的很多老师在上课时，常常因为自身的努力而感动学生。新东方有一句话："只有一堂让自己感动的课，才能感动你的学生。"而激情是打动人心的最重要的因素。励志就是用那些让人听了热血沸腾的语言、故事和格言使学生从痛苦、失败和沮丧中振作起来，使他们感到生命充满力量，产生想冲向和拥抱整个世界的感觉。幽默是在授课的过程中让学生感到老师的语言生动活泼，使学生在轻松愉快之余，接受各种知识。如果一个老师能够把这四大要素完美地结合在一起，那他就能够成为新东方的品牌老师，成为新东方的骄傲。这四大要素要有机地结合在一起：讲教学内容必须贯穿整个课堂，这是学生来到新东方最重要的原因；激情必须体现在讲课的每一句话语里，这是学生认同你的最重要的因素；励志必须一两句话就能够打动人心，太啰唆肯定让学生心烦；幽默必须润物细无声地体现，否则就成了平庸的笑话和无聊的打趣。

现在有一种非常普遍的看法，就是认为我们这个以汉语为母语的国家过分强调了英语的学习，以致出现了汉语和英语教学"本末倒置"的现象。强调英语学习会影响国人的汉语水平，这种说法有点荒谬。汉语在中国社会文化中一直占统治地位，这种地位不是几年的外语冲击就可以动摇的。我们承认，当前的汉语是在发生某些变化，比如一些词汇的消失、外来词的增多等。但这并不能表明汉语在走向衰弱，处于颓势。事实上，社会在进步，语言永远都在随着时间变化，当前美国人说的英语与中世纪的英语也有很大区别，这能表明英语也处于颓势吗？汉语当前的状态与其自身的特点是有关系的，这并不是当前所谓"英语冲击"的结果。汉语是内循环型的语言，只有中国及部分海外华人在使用。英语的兴盛并不会影响汉语的流传。我从来没有听说过，哪个中国人学了英语就把汉语忘了。事实上，往往是那些英语好的中国人，其汉语也一样非常不错。比如国家领导人的翻译们，如果汉语不融会贯通，又怎能准确地翻译领导人的诗词歌赋呢？当前中国人感叹国人汉语水平低，最根本的原因在于目前的教育制度本身，而非学英语。英语和汉语的学习是相辅相成的，并不存在零和博弈关系。中国的发展是否可以摆脱英语？我想是摆脱不了的。中外交流日益频繁，汉语较之英语难学，说英语的国家有数十个，中国不可能要求所有国家都用汉语与中国人交流，学习英语至少在当前是中国人的必然选择。另外，在国际社会，大多数文献资料都是用英语写成的，不学英语，怎能得到第一手资料，怎能以最快的速度了解国外信息呢？因此，学英语，于国家，有助于融入国际社会；于个人，有助于提高个人素质。在当前社会中，会英语的人的竞争力明显超过不会英语的，这是公认的社会现实。有人会说，当前近3亿中国人在学英语，英语已成了产业，耗费了中国人大量的精力、财力和物力，可悲的是，中国花了那么高的成本，英语还是没有学好。的确，这也是事实。但是，要明白，高投入低收益并不在于学英语本身，而在于教英语的方式。英语是音频语言，先学会听说，然后再去读写。但多年来中国的英语教学方式却是先去背单词，再学阅读，最后才是听说，结果是事倍功半，到最后多是"哑巴英语""聋子英语"。因此，实在没有必要把英语当作替罪羊，把汉语、中国文化中存在的一些问题乃至诸多社会问题都归咎于英语学习。我们应该懂得这种语言现象背后的深层次道理，即国家实力决定语言优势。英语当前的语言优势与诸多英语国家的国力强势有关，同样因为这条定律，我们应该看出，随着中国的崛起，汉语的兴盛也只是时间问题而已。现在，越来越多的外国人在学汉语，与我交流的许多外国人都要求使用汉语，而非英语。我前段时间去美国，发现美国大街上的告示牌、商店招牌上的中文明显比前几年多了，这与 20 世纪 80 年代日语在美国的流行有相似之处。不同的是，中国的崛起是持续性的，这决定了 50 年或 100 年以后，在世界上，英语和汉语将极有可能平分秋色。

还有统计称，在海外各大名校就读的中国留学生中有 70% 来自新东方。这是新东方成就的体现，但也有人认为新东方的出国培训加速了我国优秀人才的流失。我想给大家分享如下数据，大家就知道出国留学是否会使中国人才流失。国务院表彰的"两弹一星"的 23 名功臣中，有 21 名是回国工作的留学人员；中国科学院 629 名院士中，留学人员占 81%；中国工程院 423 名院士中，留学人员占 54%。这组数据应该能够说明一些问题。目前发达国家的教育比较先进，尤其是科技教育先进，我们不让学生出去学习，就什么也得不到；让他们出去学习，我们就离世界先进水平更近一步，中国的发展就有更多的希望。确实，总会有学生不回国，但也总会有学生回国的。刚解放那会儿，中国如此贫困和落后，还有那么多留学生抱着满腔热血回国搞建设，何况现在中国各方面的条件已经如此好了呢？一个人如果一辈子只在一个地方待着，就会养成狭隘的思维习惯和封闭心态。如果一代人都这样，国家和民族就会停止进步。一个国家和民族的进步，不仅仅体现在社会结构的改变，更体现在人的心态的改变，这需要一个漫长的过程。中国近现代的发展在一定程度上得益于留学生带回来的不同的文化习惯和思维方式的扩展，中国现在面临着难得的发展机遇，这一切与中国的改革开放政策和留学政策密切相关。

每天都会有许多年轻人怀揣着各种梦想来新东方学习，实在是很想给他们忠告，但我自己还没有管好自己，怎么敢给别人忠告呢？如果非要我说，也许这句话是我最想说的：只要活着，就是胜利。就像一棵树一样，活着，总能够慢慢长大。

不管怎么说，能够身体力行地去做，

实践自己的理念，

这本身就是一件伟大的事情。

**盛世绘就梦想** /

# 廖晓义：我不去哥本哈根

◎ 曾 颖 张 欧

廖晓义，1954 年生于重庆，1986 年毕业于中山大学哲学系，获硕士学位，知名民间环保事业倡导者和活动家，北京地球村环境文化中心创办人兼主任。我国环保事业的先行者、守望者。

网上关于"廖晓义"的专门词条跟着一长串的后缀：北京地球村环境文化中心创办人兼主任；1996 年至 2001 年中央电视台《环保时刻》专栏独立制片人；中国第一位获得"苏菲环境大奖"的民间环保人士；2006 年当选"绿色中国年度人物"；第 29 届奥运会组委会环境顾问。2009 年 10 月的美国《时代周刊》杂志又将她举荐为"环保英雄"。

"我感到特别欣慰，我的脑子很少用在无意义的地方。"廖晓义对此解释道。

一如她身体力行的生活方式：每周才洗一次澡，永远的无车族，不装空调，不用洗衣机，不去人工滑雪场，不接受羊绒制品……"节省"到令人觉得匪夷所思的程度。

但是眼见为实，进门那一刻，我终于开始相信了。上百平方米的房子显得有些阴冷，原本该是客厅的地方堆着小山般高的邮包，再就是三张空空如也的办公桌。探头看卧室，只有成排的钢丝床，厕所里的贴纸提醒你，如果是小便，务必用盆子接水冲——虽然明明安了冲水阀门。而这个电视上弹着古筝的美丽女子，裹了两件大衣还显得单薄，头发有些乱，脸上密布着皱纹。

"难道你不想知道我为什么不去哥本哈根？"廖晓义笑着问我。

## 从工业化到"中医式"减排

出生于重庆，在云南插队期间被推荐到四川大学，毕业后即留校当老师——成都算得上是廖晓义的半个故乡，但廖晓义更愿意用带着京腔的普通话进行交流。作为西方哲学和西方工业文明的崇拜者，廖晓义当时最大的兴趣是学习西方的现代科技与社会制度。那时候她十分相信西方主流经济学家的理论：工业文明产生的市场制度和科技能解决任何问题，包括环境问题。

1990 年，研究生态的北京大学好友方玲在自己的硕士毕业论文中写道，地球正在被人类的发明创造毁灭，人类不会再有下一个千年。廖晓义觉得这种看法太悲观，为了说服方玲而查找了很多资料。也正是在这场关于环境的著名论争中，她才真正开始接触环境问题，并很快被环境状况的真实数据所震撼。

1993年，在美国读博士的丈夫来信，廖晓义带着女儿前往美国，她很快成为西式环保理念的热情传播者。

廖晓义在美国做访问学者，选的专业是国际环境政治；参加美国NGO（非政府组织）的环保活动；拍摄介绍这些NGO人物的电视片《地球的女儿》……就如同海绵一样，贪婪地吸收西方国家在环境技术、环境投资、环境执法，特别是民间组织方面的经验。但是渐渐地，她产生了困惑。

在美国，人们习惯了"冬天像夏天，夏天像冬天"的生活：冬天商场把空调温度调得很高，进去的时候要脱棉袍、着夏装；夏天进商场，则要带上毛衣。"既浪费了能源，又违背了自然之道，使得皮肤慢慢丧失了天然的调节功能。"

他们喜欢用大的电吹风来清除院子里的落叶。"怎么就不会动动扫帚，体会一下秋日扫落叶的情趣呢？电吹风呼呼一响，既浪费了电能，制造了噪声，又失去了大自然所营造的天然意境。"加利福尼亚的阳光特别好，但是加州有一条法律，不能在自家院子里晾衣服，否则要被罚款50美元。于是，想让衣服上留有阳光的味道都不行，只有使用烘干机才合法。

还有一次，在欧洲一个垃圾分类回收中心，一个穿着很新潮的姑娘开车排了很长时间的队，等待处理自己带来的垃圾。她称自己是环保主义者。"但当她把垃圾袋打开时，我们发现，里边全是很新的时尚衣裙和几乎全新的物品，完全可以用来开个精品屋。她的生活方式就是努力工作，拼命消费，再尽力回收。如果西方文明高消费的生活方式不改变，我们的地球还能支撑多久？"

2000 年以来，这个毅然放弃读博、放弃美国绿卡，留在中国搞环保的"草民"，开始用"苏菲奖"的奖金做经费，拍摄了一部名为《天知道》的关于传统生存智慧的纪录片，"为了寻找中国式环保的精神食粮，也是为了补课"。

"也许是作为中国人接续了天人合一、敬畏自然的文脉，也许是因为流淌着东方的血脉，从小又住在江边，学校就在山上，经常要爬山坐渡船，课余还喜欢种菜，我看到在西方世界到处可见的这样一个环保标志，即一双大手握着一个小小的地球，也会不舒服。在中国文化里不是这样的，就像在国画里，人只是一丁点儿，人对自然没有居高临下的保护能力，而是顺应自然从而得到自然的保护。在中国文化里，人和自然是息息相通、血脉相关的整体。"

在这部纪录片里，廖晓义采访了许多中国文化的传承者和守望者，还走访了云南、江西、四川、贵州等地的乡村，特别是在那些"很少受到现代污染"的乡村，村民们与生俱来的生态智慧所带给她的冲击坚定了她回归本土的决心。

所以如今在她看来，人们为减排讨价还价，减排进程举步维艰，其中一个基本原因，是发达国家把已有的过度消耗能源的生活方式当作是不可改变的前提，而发展中国家则把这种生活方式当作生活品质的必然标准。然而气候变暖，正是这种高碳的，也就是高消耗能源的生活方式造成的。

"说起低碳、减排，有人认为就是减少二氧化碳排放的技术和投资问题，这是典型的西医思维，头痛医头，脚痛医脚。而要解决气候变化问题，必须用中医的整体思维，依靠各界的联合行动。"廖晓义似乎早已预见了哥本哈根气候峰会不会取得实质性的进展。"与其在那里浪费时间，还不如做点实实在在的事情。"比如在成都彭州通济镇大坪村建起的"乐和家园"。

## 地震后的"乐和"之路

汶川地震后一个月，廖晓义来到这个几乎被夷为平地的山村，唯独一幢具有当地特色、全木质结构的老房子还安然无恙，让她特别受触动。在征求了专家、当地政府及大坪村村民的意见后，一个以"乐和家园"为主题的大坪村重建图景在廖晓义的脑子中形成。"乐和"二字，寓意是希望大坪村村民们敬天惜物，乐道尚和。

2008 年 7 月，廖晓义带着一批来自西安、昆明等地的建筑专家正式进驻大坪村。9 月，廖晓义再次来到大坪村，这一回，她带来了中国红十字基金会、南都基金会为"乐和"提供的 380 万元建设资金。

380 万元在中国一线城市，只够买一栋别墅。但是在大坪村，至少可以建 80 栋生态民居和两个 120 平方米的诊所。生态民居采用雪灾后倒伏的树木或原房屋被地震致塌后的回收材料，既保持了传统土墙冬暖夏凉的功能，又不必采用土墙那样的夯土结构，新的民居采用了轻体墙设计，经过专业设计单位的测算，其保暖效果相当于传统 45 厘米厚的夯土墙。

她算了一笔账，以前大坪村和中国大多数乡村一样，建的是低质量、高耗能的砖混瓷砖房屋，"建起来是垃圾建筑，倒下去是建筑垃圾"。现在的生态建筑相比原来的方式，至少减碳 40%。

现在走进大坪村"乐和家园"，你会发现这里已颇有些符合世人对于陶渊明笔下世外桃源的想象：黄色的竹篱墙、青色的屋瓦，且几户相对集中，形成一个个生态群落，并引入当地最常见的本土树种、饮水槽、石水池、石磨、木楼梯、竹篓、背篓及卵石作景观点缀。每家每户配旱厕、沼气池、节能灶、垃圾分类系统和污水处理系统。旱厕的推行方便了沼气池的建设，沼气又可以用来照明和供热；种菜绝不用农药，叶子长虫，由田间鸡鸭来觅食，菜品长成后通过相关渠道送到城市作为"有机蔬菜"卖高价；组织村里的妇女织绣手绢，由李连杰的"壹基金"进行销售，也为游人体验农家手工生活提供了范例……

至于整个过程中如何克服重重阻碍，廖晓义不愿轻易提及，但是电视台记者却记录下了她于 2008 年 9 月参加北京"可持续能源论坛"的令人动容的一幕。当时她接到一个电话，说三位当地矿主正准备在"乐和家园"选址地附近炸山开矿。"一定一定不要忙着开炮，一定要等到测试结果出来！如果炸得山坍塌，水源断了，引发小山洪，'乐和家园'就没办法做了！"听出电话那头没有退让之意，廖晓义终于忍不住了，眼泪夺眶而出，言语中透着绝望："为了粒芝麻，我们要把一个大西瓜给丢了吗？三个人的矿，还比不上一片山吗？"第二天，廖晓义急急忙忙买了一张飞机票赶回大坪村，经过交涉，她保住了两座山中的一座。

## 女儿是我的铁杆支持者

廖晓义就像一个布道者，有很多志愿者支持她，但是一问起家人，侃侃而谈的她陷入了短暂的沉默，"只有女儿是我的铁杆支持者"。

1995 年 5 月，得知第四届世界妇女大会要在中国召开，廖晓义带着尚未杀青的《地球的女儿》回国了。没有房子，廖晓义借住在朋友家。朋友也是典型的工薪族，筒子楼里两室之间狭窄的过道上，用两只旧木箱搭了一张床，就是廖晓义母女的栖身之地。时间总是不够用，廖晓义成天在外奔波，六七岁的女儿只能吃"百家饭"，等晚上她回到家，女儿已经熟睡。"很长一段时间，都是我晚上在她额头上亲一下，第二天早上她去上学，我还没醒过来，她亲我一下就走了。"母女二人仅以这样的方式交流感情，从女儿上小学一直持续到初中。

有趣的是，在美国喝"黑水"（可乐）长大的女儿，向来不喜欢看被称为"白痴箱"的电视。"15岁前基本没买过衣服，没手机也不觉得是个事儿。北京太热，我不开空调，问她感觉如何，她摇着蒲扇说：'心静自然凉嘛。'"

对女儿，廖晓义从来是顺其自然，从来不去开家长会，从来不注意她的成绩，"我特别满意这个孩子，最想写一本亲子教育的书"。而说起她已经在美国定居的丈夫，廖晓义立刻纠正道："是前夫。"随即神色黯然地感叹，"谁又会支持一个疯老婆子呢？"

## 后 记

被廖晓义打动并下定决心要采访她的原因，正是那段不长的电视镜头：她在激动地争辩，眼睛里流出了泪水。其情其景，如自己的母亲正在受到威胁和伤害。这个母亲，就是她深爱着的地球。

也许正是凭着这份炽烈的爱，她才放弃了舒适而优裕的生活，选择了一种在外人看来有些自虐的环保生活方式。她坚信，这种克己的生活方式，可以影响和改变更多人的观念。

在这个被消费主义烧红了眼的时代，像她和她的伙伴们所奉行的低欲望低消耗的生活方式，显得有些不合时宜。但终有一天，人们会消除对他们的误解，为这些"疯子"正名。

但愿这种感悟，不是人类在不可挽回的生态灾难面前回天无力悔之晚矣的哀叹。

编者按："天人合一"这种提法，更多的是一种环境上的宗教情结。环境保护固然需要有精神上的医治，然而看病还得找大夫。只有环境意识与环境科学共同提升，共同在环保中起作用，才能更好地解决环境问题。

不过，话虽如此，廖晓义的行为仍然是伟大的。"知而不行，只是未知。"大家将廖晓义看作环保英雄，而自己不去做，只因为有各种困难和不方便。所以，人们往往弄一个英雄来仰慕，仰慕后继续自己平凡的生活。环保如果仅停留在口头上，无论说得多么好听，那与嘴上抹油的"诗人"何异？不管怎么说，能够身体力行地去做，实践自己的理念，这本身就是一件伟大的事情。

当一个战士穿上军装，一直被领导派去打最重要的战役，

就算日后多孤独，多么没有男朋友，

多么没有家，多么没有爱，多么没有温暖……

都特别值。

因为不是每一个人都有机会

做央视综艺舞台上的核心、最耀眼的那个焦点。

**盛世绘就梦想** /

# 倪萍：我其实是一个战士

◎ 一　盈

倪萍，1959 年生于山东，主持人、演员和作家。1990 年进入中国中央电视台，先后主持了 13 届春节联欢晚会，1992 年、1993 年，连续获得星光奖最佳主持人奖。1994 年，获得第 1 届全国广播电视"百优双十佳"节目主持人金话筒奖。2002 年，因电影《美丽的大脚》获得中国电影金鸡奖最佳女主角。2010 年，出版《姥姥语录》，获得冰心散文奖。

初夏的北京，柳絮满天。倪萍光脚穿着一双凉拖便出了门，依旧没有化妆，一根橡皮筋随意束着头发，一件宽大的淡蓝碎花布衣，一条格子大围巾，一件旧旧的毛线坎肩，还是那么随意混搭，却自有一种潇洒自在。朋友说她是"犀利姐"，她哈哈一笑，拿出包包里的核桃、米果招呼大家吃起来。没有想象中那么憔悴，更没有传说中煽情，却是天然随性，出人意料。

姥姥走了。

倪萍又开始忙乎 80 多岁的妈妈。5 月槐花正香，远远飘过一整条街，妈妈捣鼓起槐花，又是焯又是蒸，还有顿顿的野菜包子，急得儿子大嚷："千万不要再吃野菜了，像野人！"

这是倪萍喜欢的"日子"。日子没有大事，"高高兴兴上班来，平平安安回家去"，多好，红火兴旺。这段日子，倪萍一头扎进画画里，有时候一天一张也没画，有时候想起来了，凌晨三四点就盼天亮，盼着盼着索性开灯画起来，生怕脑子里的画面不翼而飞。

倪萍刚刚参加过电影《大太阳》的首映。电影中她饰演一个灾区母亲，亲自爬进深达 5 米的废墟中寻找儿子的自行车……太过重视这部电影，反倒惴惴不安，直到看完首映才松了一口气。下馆子看到满园食客，不禁着急：不如把钱花到电影院啊！姥姥说了，肚子可以饿会儿，眼睛不能饿着，饿着饿着心就瞎了。

又想起姥姥。半年来，倪萍一直在进行《姥姥语录》的签售，手签出老茧不说，还笑容可掬地和读者一一合影。烦不烦？可姥姥又说了，这是人家给你脸啊，怎么能烦呢？《姥姥语录》里信手涂描的水粉，不是大题材，无非小鸡小鸭稻草垛子，却拍出了高价。倪萍当年采访范曾，随手在画板上涂抹了一把。范曾说，倪萍将来是可以靠画画来吃饭的。果然如此。

所有这一切，正令今天的倪萍以不可阻挡的力量再次走入公众视野。在这个全民狂欢的娱乐年代，她不得不发表声明："我没有高调复出，只是最近全赶到一块来了。"

复出对于倪萍来说是一个笑谈，因为她从未真正走开。

在中国电视领域，倪萍代表着一个时代。2006 年，《艺术人生》如此评价她："倪萍不是第一个在屏幕上落泪的主持人，却是落泪最多的；倪萍也不是最能煽情的主持人，却是最能打动人心的！她让所有人明白，主持人也可以感动，主持人也可以伤心，主持人也是人！如果没有倪萍真诚的热泪，中国电视不会具有这样温暖人心的力量！"

似乎有点"翻案"的感觉，但是如果对倪萍的理解仅仅停留在"眼泪""温暖"层面，实在过于单薄了。

那是一个中国电视蓬勃发展的黄金时代，观众结构极不成熟，能够挑大梁的主持人寥寥无几。那时的倪萍，总会春风满面地走入千家万户，无可取代，有一年她几乎主持了央视全年所有的综艺节目。

即使在最火的年代，她也没有过过一天明星生活。"从未像别人那样，先泡一缸玫瑰花浴，点上蜡烛，放上音乐……没有，没有那个事。即使在人民大会堂主持节目，我也不介意先在家里蒸一大锅馒头，熬好稀饭，再随手抹把脸，提溜着裙子去人民大会堂。"

家里最多时有十多口人，每天早上离开家门，挥手告别。好家伙！三层阳台排满了笑脸，最下面是儿子，中间是母亲，最上面那层是姥姥。家里家外，"水深火热"，如何保持旺盛的创作状态与激情？

　　"我其实就是一个战士。"她沉吟，对自己评价。

　　那一年，事业如日中天的倪萍突然选择做一名"逃兵"，"首先我发现自己不能进步了，原地踏步意味着倒退；然后我又发现，左边右边的周涛、董卿也能完成任务了"。于是年逾40的她选择从一座大山上下来，重新攀登另一座山峰。选择的同时意味着放弃，人不可能什么都揽着。

　　在电影《美丽的大脚》里，为了体验乡村老师张美丽的生活，她比其他演员早去了一个月。在黄土高坡明晃晃的日头底下从早坐到晚，有时跟乡村教师去上课，一上就是一天。一样吃土豆拌酱油，喝特别脏的水，睡特别脏的地方，一个星期不洗澡，头发乱成一团……终于，她获得了中国金鸡奖最佳女主角。没有太多访问，没有高调亮相，却赶紧把这个沉甸甸的金鸡捧回家给姥姥。"姥姥努力地笑，她一定知道这个外孙下岗再就业的艰难转型胜利了。"

　　她笑言自己是下岗再就业的典范。因为在她之后，周涛出来了，董卿出来了，小丫出来了……而另一方面，从《美丽的大脚》《浪漫的事》《雪花那个飘》《泥鳅也是鱼》直到刚刚杀青的《大太阳》，纷至沓来的奖项令她在中国影视界逐渐显示出自己坚韧的力量。

　　前年姥姥去世，倪萍开始写作《姥姥语录》。那真是一段幸福时光，儿子在那边写作文，自己在这边回忆姥姥，厨房的炉子上小火炖着一锅好汤。写累了，去阳台浇浇花；再累了，逛逛超市买些可用可不用的零碎。阳台上的月季开得真旺，八大盆鲜花把阳台铺得满满当当。这是姥姥盼望的日子，平凡、普通、自在，也是自己盼望的。

姥姥说："能人干啥都能成，废物干啥啥不成。"倪萍不觉得自己是能人，她只是喜欢真实的生活，不用"绳子"把自己五花大绑：没有车就打车吧，想吃饺子就提着菜篮子买把韭菜吧；想哭就哭，想笑就笑吧；即使是离婚、孩子生病，生活的磨砺也老老实实写在脸上吧，不化妆，不整容，不粉饰，更不要把身子勒得紧紧的，努力去穿那些早已穿不上的一百件旗袍。

不久前逛菜市场，一位阿姨突然认出她来，惊讶道："你怎么这么老了？"然后竟然心疼地哭了。还有那年过春节，她让儿子给小区捡垃圾的老夫妻送钱，人家竟然回报给孩子一个电动大飞机，怯怯安慰她："不上电视也好，弄孩子比上电视要紧。"爱太多，这到底是幸福，还是负累？

犹记得《艺术人生》中，董卿问她的那句话："台上的万众瞩目，台下的寂寞无助，曾经鼎盛一时，终有落幕的一天，如何平衡和面对？"

她说："当一个战士穿上军装，一直被领导派去打最重要的战役，就算日后多孤独，多么没有男朋友，多么没有家，多么没有爱，多么没有温暖……都特别值。因为不是每一个人都有机会做央视综艺舞台上的核心、最耀眼的那个焦点。"

这一次，董卿哭了，而倪萍却没有哭。

## 这个社会需要"姥姥精神"

很多人告诉我，他们看《姥姥语录》看哭了，甚至觉得说起我，似乎总与眼泪有关。我很吃惊，完全没有想到，甚至我写的时候都很少哭。写姥姥去世那一段，我在东北拍戏，特别高兴身边没有人，因为不希望人来安慰。当时外面飘着雪，傍晚天黑了，我一遍又一遍地在玻璃窗上写姥姥的名字，一会儿又化了不见了。但我一滴眼泪也没有掉。很多读者说他们哭了也笑了，为什么呢？或许姥姥身上的某种东西唤醒了我们吧，比如白岩松说我们这个社会需要"姥姥精神"。"姥姥精神"是什么？就是知足，活得自由自在，做个让人不讨厌的人。姥姥这个标准高吗？想想也挺高的。让人不讨厌意味着什么？有团队精神，吃点亏算了。仔细想想，"姥姥精神"还有什么？就是凡事下意识替人想。比如帮别人，姥姥说若只有一碗米，你给别人，自己饿着肚子，这叫帮人；若有一锅饭，你给人盛一碗，那不是人家帮着你吃吗？吃那么多干吗？还长胖。她这些道理往深刻里想是大道理，社会需要这些才会安定和谐；往小里说，过日子可不就是这样吗？

## 姥姥评价我"说人话"

我在书里提到，姥姥给我的最高评价是"说人话"。我觉得我在山东时就会说人话，山东话剧院院风很好，没有拿腔拿调。再早追溯到我读中学时，第一次参加朗诵比赛，选的诗是《哑巴会说话》，上台我说的是："我今天能站在这儿，你们知道吗，10年前我还是个哑巴。赤脚医生到我家，我不会说话，看见别人我着急啊，用手比画，医生用小小的银针扎在我耳朵后面，我就开口说话了，说的第一句是'妈妈'……"这样的台词你不可能拿腔拿调的，我特别投入，眼泪直掉。

有人问我，作为一个主持人，"说人话"容易吗？祝福祖国繁荣昌盛，这也是说人话，就看你怎么说。由衷地希望风调雨顺社会和谐，只要是发自内心的，就是人话。我真的希望我们国家繁荣，希望人民幸福，不是嘴上说的，而是心里这么想的。做主持人那会儿，经常有人说，你怎么几乎没有说错过？就是因为心里是这样想的。

我也因为这个"由衷"而承受着"煽情"的批评，但我不太容易觉得委屈。因为我上电视时已经二十五六岁了，知道那时候的夸奖很过分。央视这么大的平台，一份大报却说"我们为倪萍打开电视"，那是为我吗？你心里得有数。当一个人对自己有了认识，知道哪些是真的，哪些是假的，哪些切中要害，哪些需要改正，哪些可以不予理睬，就不会觉得委屈了。

可能，在"媒体全民化"时代，很多媒体譬如央视传达的一些主流价值观与情感越来越受到公众的质疑了。新闻工作者是需要一点社会责任感的，如果这个社会有一点话语权的人都乱发牢骚，一点儿精神引领都没有，这个国家的走向也挺吓人的。真的别怪一些"肉麻"的话，为什么夸奖孩子呢？为什么要提醒你丁香花开了？如果今天吃亏了，想想那天我还占便宜了对不对？姥姥很多时候就是这样调整的。姥姥说如果天天都是大太阳，庄稼一定是瘪的。种子就得经历风雨，人也是这样，这个事儿你不满意，才能显出那个事儿的满意。

## 如果人有下辈子

我在《姥姥语录》里做了一个假设——下辈子不生孩子了，要舒舒服服地躺在浴缸里泡玫瑰浴，再清清爽爽去主持节目。但那是下辈子了。哈哈，我要泡个玫瑰浴，得被喊出来6趟，一会儿我妈说，哎呀我老花镜找不到啦；一会儿我姥姥说，你给我的那张纸找不着啦；一会儿儿子说……这些人都是你非得出来不可的，都是需要被你照顾的。你还泡什么泡？这样的生活会给你带来麻烦，但也会给你很多情感上的温暖。人就是来回里外都需要吧。

不少人很奇怪——在这样的环境中，如何诞生一个优秀的文艺工作者？这就是为什么有些战地记者的文字写得非常好，反倒有的人装模作样把桌子铺开了，稿纸都弄好了，一上午就写了一个字。我有时候忙得连滚带爬的，这儿涂一句那儿写一句，有时候竟然写得很精彩。我应该算是那种特别"皮实"的人。

为什么这么"皮实"？这也是受姥姥的影响。有时候让姥姥歇歇去，姥姥说，要歇上"那边"歇去。我小时候在农村挖野菜，眼睛看的不是我小铲子上的那棵菜，永远是前面那一棵。人家挖半篮，我就一篮了，跑回家赶紧倒了再去挖。特别大的雨把花生地一浇，泛白的都是花生，我就蹚河过去捡，没有东西装，就找个藤子把裤腿一系，往裤子里装，装到走不动了，回家藤子一解开，地上蹦起来的全是花生。我让姥姥捡，自己赶紧跑去再捡，不过这一回就知道拿着面口袋了，哈哈。

泡玫瑰浴，再倒上一杯红酒……这样的生活，是我羡慕的吗？我觉得他们也是偶尔吧，天天泡，泡皱了吧？要不他们为什么还要来我们家吃包子？穿着 LV 的，我看比我还能吃。人就是这样，需要多种多样的生活。

## 我对灵魂是讲究的

近几年公众对我的印象是老了很多。可能我从来没有把自己当明星，没有落差。再者我知道 20 岁和 50 岁是不一样的，穿着晚礼服买冬瓜买豆角？神经病！不过我觉得我还是有脑子的人，我对灵魂是讲究的。有不知道的东西我挺着急，读不懂我着急，有学不完的我也很着急。

针对女人，张艾嘉曾经拍过《20，30，40》。我现在 50 多岁了，当我二三十岁的时候，我也想过 50 多岁怎么过啊。真到了这个年纪就知道了，就这么过，没有哪个 50 多就不活了，这是自然规律。姥姥说天黑赶紧睡，天亮赶紧起，心里有明天有太阳最重要。当然了，我觉得如果现在一切不变，还能和巩俐、林青霞当年一样漂亮更好，但是怎么能做到呢？上帝给人的时间都是一样的，你看我现在迷上了画画，白天又这么忙，难道后半夜起来敷面膜？

可能在大众印象中，依然把我定义为"明星"，而我早已经不这样认为了。大家依然把我定义成穿晚礼服的那种明星。我现在根本不照镜子，你看我的手，刚画完画，不是故意不洗，要是洗干净，得用刷子刷，用水泡，得花特别长时间。

## 爱，是我内心深处的纠结

有人跟我开玩笑：如果说"粉丝"，你应该是中国拥有最多"粉丝"的人。所以我觉得想犯错误都不太容易，有这么多人鼓舞着我，出门坐出租车，很多司机都不要钱……这是观众对我的爱，但也很痛苦。从年轻到现在，这种"爱"的火种一直就没有熄灭过。这是我的负担，我的债务。好比地震那年我拿出100万，其实之前我已经捐出两个100万了。我不是特别有钱，但我会捐，因为心里的债务太多了。那么多人因为你的职业无端爱戴你、挺你，你发挥到哪儿，表达到哪儿？青海有个老奶奶，73岁那年为了看《日子》，硬是花了3年时间来学认字！你听着像天方夜谭，觉得这可能吗？《姥姥语录》出来了，80多岁的她又赶紧买。她来北京时我都不敢见，中午请她吃烤鸭的时候，我甚至不敢说话。我给她买的手链，奶奶怕掉了，就缝在秋衣上给我看……

近30年的主持生涯中，有多少人说，这是倪萍大姐的事儿，办！生命中不能承受太多的爱，这么重的负债感，怎么偿还？这是我内心深处特别现实的纠结。

是幸福，但其实是担子。感觉太有压力，公众无休止地表扬你，一件棉袄很暖和，要是给你10件，又压着又捂着，还会起痱子，难受吗？这是很多电视人必须面临的问题，但没有办法，只能远离，逃避。做好事不让人知道，心态放平衡。一开始就要知道自己就是普通人，职业不同而已，不能每天老想着穿晚礼服走星光大道、走红地毯，那日子怎么过？回到家里也提溜着裙子？不可能。

我不相信这是一个快餐时代，

无论这个时代多么快，

人们最终真正接受的是慢东西。

# 毕飞宇：我不相信这是快餐时代

◎ 大　卫

毕飞宇，著名作家，曾两度获得鲁迅文学奖，代表作有《青衣》《玉米》等，多部作品曾被改编成影视剧，如《青衣》《摇啊摇，摇到外婆桥》。其长篇小说《推拿》获第八届茅盾文学奖。

毕飞宇是我熟悉而又陌生的小说家。说熟悉是因为与他见过几次，也一起参加过笔会；说陌生，是因为仅有的几次见面皆为浮光掠影。

如果说对毕飞宇有什么深刻印象的话，那就是他的光头。光头毕飞宇看起来更像毕飞宇，贵人不顶重发。在女人眼里，毕飞宇不仅有着迷人的才华，更有着性感的身材，怪不得我在微博上发条采访毕飞宇的消息，引来一群博友留言，其中一个工作于西藏的朋友说，毕飞宇有一次给鲁迅文学院的同学讲课，老毕进屋的刹那，引起全班 28 个女作家的一片惊叫。我曾当面求证此事的真假，老毕只是笑笑，没肯定，也没否定。毕飞宇不仅性感，而且性情。据我另外一个朋友说，有次在南京，他和一个诗人与毕飞宇把酒言欢，老毕喝高兴了，把酒当成了饮料，结果大醉，二人只得打车，亲自把毕飞宇抬回家。不能不说，喝醉了酒让人抬着，有损大作家的光辉形象，好在当时没有女士在场，倘若有，我想老毕是不会喝醉的，他骨子里是个有绅士情结的人。

那天采访时，我强烈感觉到，他不仅要把自己，而且要把儿子培养成一个绅士。他跟我说得最多的一句话，是"人要有一种很讲究的情绪"。

毕飞宇现在名满天下，这个热情而冷静的人，内心有火也有冰。这让我想起诗人帕斯的一句话："当一个作家出了名之后，总有两个敌人包围着他。一个是生满硬刺的嫉妒，一个是虔诚的崇拜，而这两个敌人同样是短视的。"

一个与毕飞宇私交甚好的朋友说，你采访毕飞宇，如果想让他打开话匣子，一定要先谈他儿子。果真，这一招很奏效，一提起儿子，毕飞宇就滔滔不绝了……

## 关于儿子：估计他不会搞文学

我教育儿子，其实就是人文主义的基本内容，比如个人英雄主义、集体主义、争取胜利、协作、尊重裁判，不会教他什么品德教育之类的，只是在与儿子一起运动的时候反复提出几个问题。

我对儿子有期待，首先要成为一个快乐的人，能有一个快乐的人生；第二，就是让他成为一个有用的人。

快乐该怎么理解？快乐就是心情愉快，要有智慧，理解生活，跟朋友分享友谊，那你才可以快乐。那何为有用的人呢？就是作为一个公民得服务社会。

对于他以后上大学专业的选择，我倒是没有要求。我也问过他，他说他还小，对未来没有一个清晰的目标。我不强求他，也不引导他，就是顺其自然发展。但估计他不会搞文学——他在家里看到的，往往不是写作所带来的快乐，而是艰辛。

我的作品，他一个字都没看过，所以也没什么看法。据说莫言的女儿也不看他写的东西，我相信我儿子将来会看的，这个不用着急，生活又不是一天，而是很漫长的过程。你不会一天把所有的福都享完，他会看的。

## 关于自己：没想当公共知识分子

有人说我的作品在国外卖得很火。其实也没有很火。总体来讲，中国作家的版权卖得都不算很好，所谓火和不火都是相对的概念，其实中国文学在整个世界文学里面占的比例极其有限。

还有人看我的微博，感觉我在写作之外，还非常关心公共事务，像个公共知识分子。但其实没有，我没有当公共知识分子的愿望。我的知识储备、知识积累也不是那个类型。一个人可以不是公共知识分子，但是一定要关心公共事务，这个是公民应尽的责任，你不能事事都不关心。

对于自己的小说，我没什么好评价的，我不总结自己。关于小说的名字，很多刚好都是两个字，像"玉米""玉秀""青衣""推拿"等等，全是巧合，没有刻意。名字这个问题我是这样看的，短篇和中篇我不管，如果写一本书的话，我不会起一个太长的名字。

写小说的时候，我遇到过很崩溃的事。比如《推拿》，写到一多半的时候，感觉不对，第一看不到结尾，第二找不到结构。我有三四个月一个字都没有写，每天在那里苦思冥想，到底怎么弄？盲人的生活如此零乱，不能搞一个框架性的故事结构，这跟盲人的生活不像。搞一个很完整的封闭系统，也不像。盲人的生活零零碎碎，人物又那么多，用传统的小说结构去套，要么就显得假，要么就是乱写。我最后采用了一个极为冒险的结构，是车辐式结构。就是放射状的，抓住一个人——王大夫。这个人的性格像一个海绵包，什么都可以往上插，通过他的行为，跟推拿中心的每个人构成关系。即以这个人为一个轴，其他人都是辐条。

## 关于写作：所谓写作就是在虚构的世界里生活

写小说最重要的技巧就是了解自己的性格和气魄。所有的技术性、价值取向、小说方向的问题，也都反映作者的性格和气质。

如果王朔谈小说，他和我说的肯定不一样，因为我们是不同类型的人，我用他的方法去写作，写出来的会很难看。我了解我自己，会由此形成一个文本，这个文本会跟我很像、很和谐。一个人的东西必须跟这个人要像。

举个例子，几个搞摄影的朋友给我拍照片，拍出来以后会找出三四张送给我。经常有人说，这张最像你。这个"像"是什么意思呢？就是抓住了我的神态。其实每一张都是我，可是一些跟我不像，而另一些就像——摄影师说这个很像你，我觉得艺术的秘密也就在这里面。

具体到小说的人物的技巧，其实就是怎么样才可以把这个人写活。我不知道如何做到这一点，我只知道我把房门关上之后我就有办法了。

对一个小说家来讲，他有两个很完整的、独立的世界：一个是现实的，一个是虚构的。所谓写作就是在虚构的世界里生活，我只要把门一关，进入写作状态，在现实世界里做不到的事，在那个世界都可以做到。

我写小说不打草稿，从来都不打。当然不是完全，也要构思、打腹稿。小说是要虚构一个世界的，光靠感觉远远不够。尤其是长篇小说，在局部可以释放你的感觉，靠感知让小说变得很生动，但从整体来讲，写小说是一个很理性的行为。比如一个长篇小说，一写三年，如果你过分依赖感觉的话，这个长篇小说读者是无法把握，也读不进去的。

我不用提纲，小说中的人物，如果是短篇的话，脑袋里面会存一个大概的念头。长篇的话，这个故事发生在哪里，说的什么事情，有几个人物，我为什么要写这个作品，我要表达什么，我的价值理念是什么，这些都是有数的。但是每一天的劳动和工作，写的是什么，出来的文字怎么样，这些又都是不可预料的。

中国当代小说存在一些问题，最让我觉得伤感的事情就是中国作家的学养不够。修养和学问加起来还差得很远，西方作家比如说米兰·昆德拉，他在哲学以及音乐方面的造诣了不得。

## 关于阅读：《红楼梦》与《水浒传》足矣

经常有人让我推荐书，其实这个不需要推荐。按照你的喜好，从公认的经典中挑十来部，把这十来部读得很熟，你的文学修养可能就够了。如果一定要我来挑，《百年孤独》毫无疑问。中国小说的话，我觉得只要读《红楼梦》和《水浒传》就够了。你要想学习写小说，这两部作品就可以教你了，而且它们做得更好。

《红楼梦》里，我印象最深的、塑造最好的还是刘姥姥。不光是人物活灵活现，或者说，不仅仅是一个人物的问题。从《红楼梦》的结构讲，这个也真的是太棒了。大家都知道侯门深似海，而要显现出荣国府、宁国府的大，那种大海一样的深，靠大海自身是无法描写的。曹雪芹极其高明的是，他把笔伸到一个小村庄里面，到刘姥姥那里。

刘姥姥一出来以后才知道这是什么样的人家，恰恰通过刘姥姥这样的性格，通过这样一个滑稽荒唐的人，写出了这个人在压力面前的尊严感，有尊严的同时又精通人情世故，看得让人特别难过。她把小宝拉在怀里，一会儿拉拉衣服，一会儿关照几句，目的是什么？是让孩子不要在这个地方丢人。

可是为了弄到钱，刘姥姥自己的老脸不要了，把自己弄成一个小丑。她是一个不要脸的人吗？不是。你从她关照自己孙子的种种行为看，这是一个精通人情世故的人，她还要去哄一帮孩子高兴。刘姥姥已经多大年纪了，贾宝玉、林黛玉才多大，看起来真让人心酸，可是整个语言与氛围皆是欢天喜地的，这种写法让人欲哭无泪。

把伤痕写成鲜花——你找不着任何的心酸，你把书合上了以后，回想这个人的时候，可以想象，刘姥姥拿到钱回家时是什么样的状况。

《水浒传》写得也很好，最了不起的地方是快速塑造人物，无论这人怎么复杂，都能用最快的速度把他捏出来，这种才华了不起。一般的小说，你想把一个人物写完整的话，几十页、上百页的篇幅才够，《水浒传》只用两三页就把这个人写出来了。比如说写鲁智深。我们如果写一个小说，而这部小说中涉及的人物又比较多，来不及塑造那么多人物的时候，一定要多学《水浒传》，一下子把人最根本的东西抓住了。

《推拿》里也有很多人物。我有勇气在一部作品中写那么多人物，与从《水浒传》中得到很多的营养有关。

## 关于人物：小说家有"生杀权"

小说里的人物安排，让谁死不让谁死，要有一个抉择。小说家其实是很不纯洁的职业，因为你有"生杀权"，就像我小说中那么多的死亡——可以说是自然死亡，但毕竟是死在我的笔下。有时感觉很糟糕，觉得自己是一个"杀人犯"。

写作的时候，作家有时就是"职业杀手"，必须面对死亡。但是我最怕碰到的就是死亡。所以，问题就在这个地方，他必须得死，这对写小说的人来讲很痛苦，必须要面临死亡。"他死了"这三个字对我来讲，每一个字都千斤一般。我不知道这是不是有一种内心的不忍。

但我以后的小说也不会尽量让人少死。如果说我怕面对这个东西的话，以后就不碰它了，就写写爱情故事，写写其他的。难就难在这个地方，你再怕也得做下去。

## 关于社会：我不相信这是快餐时代

有人说现在是一个快餐时代，我不相信这是一个快餐时代，无论这个时代多么快，人们最终真正接受的是慢东西。真正对生活有价值的还是慢东西。

别看时间这么快，一上飞机，恨不得两秒钟之后到达目的地，但人们真正爱的还是自己的家，还是自己的厨房、客厅。我会想到一个人在客厅和卧室里的阅读感受。真正有价值的阅读，真正构成文化的阅读，就是在客厅、厨房和卧室的阅读。我想我是为这种阅读而写作的人。这就是这个时代小说存在的意义。

有人说这不是一个诗歌的时代，但是这个时代越不属于诗歌，就越需要诗歌。这不是一个诗歌的时代，并非这个时代不需要诗歌，无非就是少一些读者而已。可是无论怎么样，好的作品永远会有读者。世界这么大，人那么多，你失去的仅仅是前呼后拥的虚荣而已。诗，一定会有人读。为什么这么说呢？特别简单，因为人类的内心需要美，需要诗，甚至需要残酷。

为什么说需要残酷呢？这是阅读带来的一种体验。《红楼梦》不残酷吗？残酷得很，它既有温暖又很残酷。

## 关于女性：理想的女性一定热爱生活

在我的作品里，从作家的角度来讲，我最爱玉米；从男人的角度讲，我最爱玉秀。但是茫茫人海，亲爱的玉秀在哪里？我不可能遇到玉秀，那是另外世界的人。"茫茫人海，我亲爱的玉秀在哪里"，并不是说我没有碰到这样的人，只是她在另外一个世界，我与她的相遇就在书房里，我只能想念她。

在我的心目中，理想的女性一定是热爱生活的。我倒不在乎修养和知识这些东西。这可能跟我的经历有关。你知道我是在乡村长大的，我见过许多目不识丁的乡村妇女，见得太多了。我发现许多不识字的乡村妇女比很多女知识分子都有见识，待人接物、说话都有见识，虽然她不认识字。而很多人读了一辈子书也不知道读到哪里去了，最后不懂事、不懂礼、不懂情。

## 关于男人：输得起的人是很美的

我脑子里面一直有这一句话，就是要尝试做绅士。我希望一个男人身上有一些教养，这个很重要。对孩子的培养也是如此。比如跟女孩子如何相处，跟别人如何相处，这方面我还是对他教育很多的。平时教他和女孩子相处，就是大方。跟女孩子相处的时候要主动、大方，不能一吃亏就喊，无论是时间上还是金钱上。吃亏吃到一定地步，会发现所有人都会爱你的。一个男人一定要能吃亏，这个非常重要。

从这方面讲，我自己也是经常吃亏的人。我吃亏很多，大家看到都是我得到很多。但是我能吃亏，我吃的亏我咽得下去。至于受到的排挤打击之类，这些不谈，无聊。我咽下去的东西我知道，所以我得到东西也是心安理得的。

有人说别人对我羡慕嫉妒恨。那倒不至于。这个我体会非常深，吃亏会让一个男人变得优雅、很美。我看到有人打麻将，赢了以后满面春风，输了以后气急败坏，很难看。我经常听到有人这么讲，我愿意跟某某打麻将，无论输多少都心平气和，很美。连打麻将都这样，不用说别的什么事情了。无论输多少，他输得起。输得起的人是很美的。

为了保持良好的状态，我在拳击方面花的时间会比较多，
现在主要精力还是放在比赛上。
学习的时间，我想，能够多学一点是一点吧，
总比一点都不学好。

# 邹市明：中国拳王

◎ 艾国永

邹市明，1981 年生于贵州遵义，奥运冠军，中国男子拳击队48 公斤级拳击运动员，上海市拳击协会会长。16 岁进入贵州拳击队，2000 年成为国手。共获得 48 公斤级全国冠军 20 个，2008 年北京奥运会拳击 48 公斤比赛金牌获得者，2012 年伦敦奥运会男子拳击49 公斤级冠军。

2016 年获 WBO 蝇量级世界拳王金腰带，2018 年被授予"世界拳击理事会和平与和谐大使"称号。

三届世锦赛冠军，一枚雅典奥运会铜牌，一块北京奥运会金牌，在男子 48 公斤级业余拳击项目上，邹市明是中国拳王，也是世界拳王。

生于 1981 年的邹市明已过而立之年。2011 年 1 月，他被聘为贵州省体育局体工大队副大队长。

是拳击，带来了邹市明今天的荣誉与地位；是拳击，让邹市明一度与母亲关系紧张；是拳击，让他与教练张传良结下父子般的深情厚谊；还是拳击，成为纽带与媒人，让他与 CCTV 经济频道的美女主播冉莹颖喜结良缘。

## 拳王与母亲

拳击台上的邹市明凶猛、凌厉，是男人中的男人，可是谁能想到，他小时候是被当成女孩来养的。邹市明出生后，妈妈宋永慧有些遗憾，她想要一个女孩。既然是男孩，那就打扮成女孩，稍稍遂一下心愿。加上邹市明自来卷的头发，眉清目秀的长相，一直到三四岁，许多不明真相的人都以为他是个女孩。

宋永慧是幼儿教师，天天与孩子打交道，孩子免不了调皮捣蛋，职业素养要求她不得打骂孩子。可回到了家，邹市明学习不好，挨打；不好好吃饭，也要挨打。下手重的时候，棍子都被打断了。

常常挨打的邹市明问妈妈自己是不是从垃圾堆里捡来的，妈妈说是。邹市明以为这就是自己挨打的缘由。

在家里挨打，在学校也被欺负。初中时，男女生同桌要从中间画一道"三八线"，互相不许越过"国界"。邹市明越界了，被女同学推了回来；女同学越界了，他推了过去，好家伙，这位女同学马上就朝他脸上来了一招"九阴白骨爪"。时至今日，邹市明左眼角外侧仍留有一道疤痕，这就是当年同桌的"战绩"。

经常被欺负的邹市明幻想能像金庸小说中的大侠一样武功超群，锄强扶弱。13 岁时，学习不好的他被送到了一所私立武校学习武术，妈妈为他设计的未来是当体育教师。

站桩、套路，在邹市明看来都是些花拳绣腿，不是打架需要的真功夫；而在宋永慧看来，这些比较静态的动作让儿子看起来斯斯文文的，挺好。

武术队旁边是拳击队。拳击队队员们练热了，就把衣服脱掉，光着膀子接着练，这给了邹市明一种"酣畅淋漓的感觉"。

邹市明转到了拳击队。宋永慧不同意，认为打拳击太危险。邹市明怕母亲担心，就撒谎说不练拳击了。后来拿到省队的少年拳击亚军，邹市明把一枚银牌拿给母亲看，母亲才知情。见儿子有这方面的天赋，宋永慧也就不再阻止了。

"那是我自己拿的一个比较大的主意。"几乎与拳击擦肩而过的邹市明说。

## 拳王与教练

在当下的中国，教练与队员往往是"师父"与"徒弟"的关系。其一是由于深受传统文化的影响，其二是受金牌战略指挥，中国的教练与队员不是走训而是集训，数年乃至十数年朝夕相处，早就情同一家人。

1996 年 11 月，邹市明进入省体工队，1998 年与张传良正式产生交集，两人合作至今已 14 年。两人虽是师徒，但情同父子。

邹市明人生中最重要的一场比赛当数 2008 年北京奥运会 48 公斤级拳击赛决赛，对手是蒙古国选手塞尔丹巴。此前两人交手过两次，各胜一场。在预选赛中，邹市明状态不太好，一路走得磕磕绊绊，为此被张传良一顿臭训。

戏剧性的是，一场想象中的大战，139 秒就以邹市明的胜利收场。邹市明与张传良来了一个深情的拥抱。这是中国人首次在奥运会上获得拳击金牌。

邹市明站在领奖台上时，张传良已经回到了运动员休息室。邹市明领完奖，立刻去找张传良，他跪在张传良面前说："张老师，4 年前我没有拿回来的金牌，今天我给你拿回来了。我终于做到了。这一块金牌，我让你多等了 4 年，爸爸！"

这声"爸爸"，为他们 10 年前的相遇作了最大的肯定。而这次相遇彻底改变了彼此的人生。

## 拳王与妻儿

2006 年，邹市明与冉莹颖在遵义举办的一个活动上相识。邹市明当时拿过拳击世锦赛冠军，而冉莹颖是遵义的"形象大使"，同为遵义人的他们是本地的明星。2011年年初，经过5年的爱情长跑，两人步入婚姻殿堂。

不久前，在儿子邹明轩的百日酒宴上，一项传统的中式诞生礼"抓周"照例进行。在众多物品之中，邹明轩伸手去抓的是拳击手套。

掩饰不住喜悦之情的邹市明很快发了一条微博："拳击手是一个伟大的职业，但充满了艰辛，宝宝如果真的愿意选择拳击，我一定将他培养成比我更优秀的拳击手！"

## 融合武术自创新招

我独创了"海盗式"拳法，以前的中国拳击不被看好，可以说被很多拳击强国所鄙视，但我这个"菜鸟"一出来就战胜了之前那一届世锦赛的冠军、古巴名将巴特雷米。很多国外的评论认为这就像是古巴在乒乓球上打赢了中国。

既然他们怕我的"海盗"打法，那我就用它去对付他们。但是，如果让我来总结的话，我更愿意叫它"红色打法"。有点像游击队，敌进我退，敌退我扰。

在我们小级别的比赛中，每个洲的运动员都有自己的特色，比如我们亚洲拳手，主要以灵巧和反应见长，战术富于变化。之前国家队请了很多外教，比如来自古巴、俄罗斯、哈萨克斯坦等国的教练，结果我们老是跟在别人的屁股后面学，学了半天，永远都超越不了别人。

张老师（张传良）针对我个人的条件和特质专门给我制订了

一些训练计划。而且我和张老师以前都练过武术，将武术的精华套用在拳击上，让国外选手不太适应。

这种创新是由武术和拳击相结合产生的，我觉得武术占很大的比例。体育项目有共通性，我也很喜欢其他体育项目，比如篮球、足球、舞蹈。所谓创新就在于能不能在每个项目中去体会，取其精华，把这些想法、动作定型，第二天施展、熟练，慢慢变成自己的东西。

我最感激的人是张传良教练。因为张老师是一个非常有智慧的教练。十多年来，我跟他走南闯北，很多时间都在一起。他很少有时间在家里，他的家庭他都顾不上。不管是过节，还是在国外，都是我们爷儿俩互相照顾。他不光教我打拳，在人生方面，他也引导我、启示我，教会我很多拳击以外的东西。

很多人认为我是拳击天才，因为在我之前，中国人很难想象我们也可以拿拳击冠军。很多人都会跟张老师说，邹市明是一个拳击天才，天赋非常好。其实就在国内，比我天赋好的人有很多。张老师总跟他们说一句话：邹市明不是身体条件最好的，但他肯定是最努力的一个。

## 向爱妻致歉

升级做父亲，我觉得挺幸福的。

孩子呱呱坠地那会儿我在产室，第一刻我就看到他，抱着他和老婆一起合影留念。我想到一个生命就这样诞生了，这个孩子身上流淌着中国拳击运动员的血液。我希望他快乐，健康成长。

以前总觉得自己是个小孩，现在突然身边又多了一个小孩——我和我太太都比较活泼开朗，现在就像3个小孩在一起。给孩子喂奶、换尿片、洗澡，我觉得自己在成长，变成熟了。现在很多东西都要为孩子着想，不能依着自己的性子来，多了一份作为父亲的责任。

我外出训练、比赛比较多，想孩子时，老婆会给我发一些孩子的照片和视频。在外边，晚上睡不着的时候，会反复翻看照片和视频，自己就在那儿傻笑。同屋的人半夜三更会听到我在那儿哈哈笑。我还是一个孩子气的父亲。

孩子的到来不会影响我的拳风，更不会变得比以前温和，我已经习惯了在台下的一面和在台上的另一面。

很多人都觉得，拳击毕竟是一项比较危险的运动，而我太太很支持我的事业。

她其实很不愿意我连续参加那么多次比赛，但是作为另一半，她知道我的理想。我和她都是有梦想的人。她的事业和学业，我都非常支持；在我的事业上，她也没少鼓励我。打拳击到了一定的年限，又经历过那么多的伤痛，她挺心疼我的。但是为了中国拳击的荣誉和大家对我的厚望，她义无反顾地支持我。

她要带孩子，而我到处跑，不能陪她。她怀孩子的时候、心情不好需要我的时候，我都没在她的身边。我要表达我对老婆的歉意和感谢。

## 拳击改变了我的一生

　　我在上海体育学院读了本科。本科已经毕业了，现在在读厦门大学的 EMBA（高层管理人员工商管理硕士）。我不能只取得拳击上的成就，因为拳不能打一辈子，我需要通过学习充实自己。我选择的是硕博连读。

　　为了保持良好的状态，我在拳击方面花的时间会比较多，现在主要精力还是放在比赛上。学习的时间，我想，能够多学一点是一点吧，总比一点都不学好。

　　作为一名运动员，职业生涯总是有限的，2012 年奥运会之后，我想去实现职业拳击的梦想。很多知名经纪人跟我的领导、教练谈过，我的教练会选择一个非常好的团队。如果进军职业拳击的话，前期需要有一些好的铺垫。未来的职业生涯规划，大家都很好奇，不少人问我，是当教练、从政、经商还是去拍电影，成为功夫巨星。因为拳击给予了我很多，我会继续为中国拳击事业奉献自己的力量。未来不管是从商、从政，还是继续做一名职业拳击手，我想我都不会离开拳击。

　　回顾这么多年来打拳的历史，拳击这项运动对我来说，首先是一种荣誉，其次，能够代表中国参加比赛，又是一种责任。对我个人来说，拳击改变了我的一生，在这条路上，我经历了风雨与彩虹、成功与失败、喜悦与沮丧。但是我觉得，哪怕我不如对手，面临被击倒的局面，也依然要站起来面对对手，要有迎着困难前进的精神和勇气。

没有那么低贱的过去，就没有今天的我。

我希望一直这样，

像蜷缩在角落里等待着被发现的贱狗，

不抱怨，不自怜，碰个杯，就把人生各种滋味一饮而尽。

盛世绘就梦想 /

# 刘同：不同的人生

◎ 陈　敏

　　刘同，现任光线传媒资讯事业部副总裁，历任《最佳现场》《娱乐现场》《娱乐任我行》等多档王牌娱乐节目制片人。《职来职往》点评嘉宾、作家、职场达人，因其观点独特，点评直接平等，成为众多年轻人的职场偶像。

## 那时你好可怜

　　"我叫刘同，现在住在北京四环旁边一个叫沿海赛洛城的楼盘里。7 年前也曾经幻想以写字为生。但无奈学识有限，北京太大，我写出来的那些字都不够成为我容身的砖瓦城墙。还好，我生性贫贱，嘴贫性格贱，从不抱怨自己的遭遇，所以投身传媒这一行，至今。"

这段话来自刘同的第 7 本书《谁的青春不迷茫》，刚出版。

10 年前，他从湖南师范大学中文系毕业，写完第一本小说，在各个论坛求出版，20 元一本打印装订后四处投递，还乘火车送到出版社，人家就一句话："放那儿吧。"

9 年前，他在北京给朋友写信："辞职'宅'于出租屋，钱包瘪瘪，书稿不断被否定，被伤害至心惊肉跳。没日没夜啃书准备考研，眉毛突然开始掉，或许是'鬼剃头'……"

8 年前，他进入光线传媒，和五六个人同住在小屋，每天上网找笑话，给人家写脱口秀的稿子。中午 12 点前念给同事听，他们笑了就过，没笑，就托人买个盒饭，自己接着写。往事只有同事的妈妈还会提起："那时你好可怜。"

7 年前，他跳到一家传媒公司做娱乐节目主编，第一天就是开会，领导们都在，听他汇报改版思路。他准备了报告，还未发言，老板就对总监说："如果你要骗公司的钱，你就直接告诉我缺钱，不要随便在街上找一个……你们想联合骗公司的钱吗？"刘同没有拍桌子，只是回家哭了一场。他开始满负荷运转，从选题策划、拍摄、审稿，到写台词、配音、录制，每个环节精益求精，每天只睡四五个小时，常常迎着朝阳下班。一年后，这档节目很红，他去老板办公室辞职，离开时扬眉吐气。那一年，过的时候很黑暗，过去之后很灿烂。就像他自己说的："让梦想成真的最好办法就是醒过来。"

之后他重回光线传媒，相继担任《最佳现场》和《娱乐现场》的制片人、光线传媒艺人关系部总监、电视事业部营销总经理……骂人、夸人，从不掩饰，不想浪费时间。当时还是新人的柳岩曾跟他请假，他说："如果你觉得节目对你不重要，你就走。"后来他才知道，那次柳岩是因胸部肿瘤要开刀，他为此内疚了很久。

## 最好的逆袭

两年前，刘同接受了求职类电视节目《职来职往》的邀请，去当点评嘉宾，"就是帮忙站个台"，没想到红了。他点评犀利清晰，观点独特又文艺，若干次为了他人泪洒现场，很多年轻人"粉"他。

2012 年 8 月，他在《娱乐现场》中推出了一档脱口秀《刘同坦白讲》，这一次，他是为自己写脚本，爬山虎终于探出墙头。他形容一桌喜宴的价格"相当于一个 iPad3，而且是贴了膜加了壳越了狱的"。"马景涛的笑都是狂笑，哭都是痛哭，咆哮只需一瞬间。""如果你小时候长得让人捧腹大笑，长大了让人垂涎欲滴，这也是最好的逆袭。""安全感就像个鬼，我一直听说，却从未见过。"

观众笑，他不笑，永远穿衬衫，干干净净。他不再需要染得五颜六色的头发、耳钉或者奇装异服，他本人就是卖点。

现在刘同是光线传媒资讯事业部副总裁，作为业余爱好成果的新书也上了畅销书排行榜。

在约定的咖啡馆，刘同左手拿水，右手拿快餐，走了进来。

黑呢衣，牛仔裤配马丁短靴，干净利落。已是下午 1 点半，他还没吃午饭："现在不吃，开会再吃。先聊，我已经习惯了。"

起初的疲惫很快在聊天中荡然无存。他曾恃才放旷，如今自嘲还是有点"二"，像一条很贱很贱的狗，总也打不倒。他说："从前总把人生过得像电视剧，每集都想要一两个高潮，最后自己获胜，热血饱满。现在不用找对手，只要做好了自己，突破了自己，就不可能还有对手——你想想周伯通的左右互搏。"

做娱乐节目热闹忙碌，水一样的日子哗哗流泻，近乎浮躁，所以刘同也喜欢安静，试图看清喧哗外的去向。

下班了他不爱去外面疯，而是写点字看会儿书。他喜欢刘亮程："这个新疆作家小学都没有毕业，当过十几年的农机管理员。他写自己生活的村落、一棵树的成长、一条狗的成长、一个烟囱的烟早晨被什么风刮到哪一边，真棒。"

他的假期很少去旅行，而是回老家，陪父母。他在湖南郴州长大，对乡村小镇总有难以释怀的热爱。在家乡最快乐的一次，他坐着快艇去了四面环水的小岛，在岛上住了一晚。他形容说，月亮把整个岛照得像白天一样亮，萤火虫到处飞。有棵高大的桂花树，老乡们就在树底下吃狗肉喝蜂蜜酒，把酒言欢，唱歌。他在吊桥下面，吹着风，看渔火。

他原名刘童，希望与众不同。后来，他把那个小县城里游荡懒散的孩子放进心里，成为一个专注投入的成年人，无论做电视还是写书，他用力，紧绷。

"你觉得孤独就对了，那是让你认识自己的机会；你觉得黑暗就对了，那是你发现光芒的机会；你觉得迷茫就对了，谁的青春不迷茫。"

新书里有他的心迹，还有他的摄影：一个白色水杯、一片涟漪散开的水域、一棵果实青涩的橘子树、一朵凝然不动的云、一角被花叶点缀的天空、一辆停靠的单车……都很安静。

不曾在青春迷茫时发力狂奔，碰得头破血流，不会懂得那份安静意味着什么。

新书的封面是他的背影，立在白茫茫的雪地，正在端详这个世界的美。

## 问题小孩

很多人看了主持人李响那篇写我的文章，就跑来问我——原来你高中时是"问题小孩"，后来是怎么走出来的？

我读高中时，父母不管我，老师不问我，女同学不理我，男同学也不理我。我每天穿同一套衣服，鞋子破了也没有换的，总觉得被排挤。有一天上学时，我问自己，哪一个17岁的人会像我过得这样糟糕？我突发奇想地把所有的问题都列在纸上，然后发现一个规律，原来第七个问题的答案就是第六个问题本身，以此类推。比如同学不理我是因为我的衣服很破，而这是因为父母不给我零花钱，父母不给钱是因为我根本不受老师重视……最后所有问题都指向我糟糕的成绩。而这点，从前根本不曾困扰我，困扰我的都是表象。我试图让成绩稍微好一点，这样是不是可以解决全部问题？

我从高一数学教材的第一章第一小节开始一页一页地读，慢慢地我的数学成绩上来了，老师第一次表示关心："你有什么问题就来找我啊。"后来考语文，作文只扣了一分，成了范文。女生们都觉得，刘同你好棒啊（笑）。

这个实验是成功的。其实很多年来我都在找自己的存在感。男同学，你们去哪里打球？女同学，你们需要我递黑板刷、打水吗？我特别希望被某个团队接纳。但是你以低姿态让人接受，别人还是看不起你。当女生称赞你的作文写得好棒，男同学觉得你的为人不错，当你发现自己变得越来越好时，哪怕没有外界的肯定，也不会寂寞。

考上大学后，我决心进一步树立自己的形象，不许那么叽叽歪歪的，和每个人讲话不许超过10句。要酷，要酷！别人问我意见，我就说"嗯"。军训一个月我一直在准备军训后的自我推荐演讲。那天上台后，我滔滔不绝地讲了20分钟，所有人都被惊到了。而且，大一时我长得还不错，他们就觉得我挺有魅力，既然造成假象，便就此努力下去了（笑）。

从一个自卑的小孩到慢慢自信起来，我很喜欢思考。中学时没人搭理，只好自己想问题。后来有一次，我去某个学院宣传一本新书，台下人很少，也没有人提问。我就让他们写纸条交流。我看完一张纸条，说："这个很自卑、不知道怎么跟人交流的同学，请举手。"

结果，台下很多人都举起了手。我说，你们看看周围就会发现，我们之所以不好，主要是因为我们觉得自己不好——这纯属臆想。

## 苦难勋章

2003 年我从湖南师范大学中文系毕业，参加了湖南电视台的招聘，在三四百人中间拿到笔试和面试综合第一名的成绩。怎么做到的呢？

大学期间我一直在各个地方实习，大一在电台，大二在报社，大三大四在湖南台总编室做小助理。当时电视台招人，我觉得自己一没钱二没资源，可能进不去，却考上了。后来我总结，我是所有人里面看起来最像适合这个岗位的人。我的说话和办事方式，都像老编导，没有废话，还挺上道。所以，我建议大家在大学时去喜欢的单位实习，沾染一些气质。

在湖南台做娱乐节目记者兼外景主持，一年后我就辞职做北漂，一度非常艰苦，但我不后悔，我发现自己没有想象中那么脆弱。在湖南做节目时，爸爸约人吃饭都约在晚上 7 点，然后让服务员打开电视找到湖南台，说，这是我儿子做的一档节目。嘚瑟吧？家人都觉得我一年能挣 100 多万，但其实我每个月只挣 900

元，一年挣一万多，交完房租，过年不剩钱，而亲戚们都等着我回去封红包呢。我真是挺丢脸的。那年我就没回家，后来辞职北上考研，希望找份更好的工作。

这些年在大家眼里，我一直很努力。这种状态中，我一直在寻找特别美好的东西。比如，大学时总是用手写稿，一个字错了，整整一页重抄。当时劝慰自己，如果有一天我拿到诺贝尔文学奖，这些手稿会很值钱吧？还有，我考研失利后就剩两百多元钱，眉毛和头发都快掉光了。压力太大，我给我爸打电话，一接通我就哭。因为之前我拒绝了他们的工作安排，执意自己去闯……后来到了光线传媒，大半年时间我天天找笑话和好玩的图片，写脱口秀的稿子。那时我连流泪的资格都没有，因为我是讲笑话的。

这些往事，今天叙述起来，多么可爱，多么有趣。你过去的苦难都是你未来的勋章。

不谈所谓的头顶的光环和地位，我很满意现在的自己，也特别喜欢自己。几年前我的同事陆续跳槽，赚的钱是我的两三倍，我很焦虑啊。后来，我试着帮朋友的文化公司做策划，赚了笔钱，但感觉好累。我突然发现，钱不是我最想要的，我不再想违背自己的意愿。

有句话很俗，自由不是你想干什么就干什么，而是不想干什么就可以不干。比如，我不喜欢互相扯头发、搞小三的家庭矛盾节目，虽说这个有收视率，但我可以做另一档同样有收视率的节目，而且传播正能量。我现在就有拒绝的权利。

如果一件事情，我百分之百尽力了，还是没有做成，我也不会太失望。我在广告部待过一年。有一次坐了6个小时的火车，转了2个小时的汽车，到了客户那里又等了2个小时，聊了不到5分钟就被打发走人。早餐、午餐都没吃，就在路边买了一笼包子，蘸着辣椒酱吃，我还是很开心。尽力了还失败了，也就释然了，说明它原本就不属于我。

现在，对一个中年男人而言（好多人都叫我大叔了），没有什么事情是经过了长时间努力而猜不到结局的，如果太费劲，一开始就该拒绝。

## 贱狗人生

熟悉我的人都知道，我不仅在台前做节目时爱憎分明，做管理也是一样的，都是对事不对人。我曾经去老板那里埋怨我的某位搭档，讲了一二三四，结果老板打电话喊我的搭档来，让我当面再讲一次。我好尴尬，刚才毕竟有些添油加醋的夸张，但是示弱了就是孬种。我只好硬着头皮讲，然后两人争辩，很快有了结果。那次我被打了个措手不及，但我觉得这种当面对峙是最好的解决方法。

坦白讲，一个人成熟有几个标志：骂人不再带脏字；仇人已经可以无视；做事客观，对事不对人；明白人生是直播而不是录制。

我今年32岁，坐上了别人眼中的公司高管职位，如何应对呢？我有自己的做事节奏。我现在做事情事先都会想得比较清楚周到，分析出个一二三来，而不是猜测。比如电影《杜拉拉升职记》上映期间，老板问："你觉得《浮沉》这本书怎么样？"我说："好，我稍后回您。"

挂掉电话我想，老板可能也想拍一部职场电影。那么《浮沉》是不是最好的职场小说？公司客户有没有那么多？我就咨询各类朋友，然后告诉老板，现在最好的职场小说是哪两本，分别有哪些受众，如果拍电影，哪些客户会投资，包括作者联系方式、确定版权还未售出，等等。那年我28岁，我一定赶在老板之前想清楚所有的问题。后来，这件事被老板当成范例宣讲。

新浪的"年度名人微博影响力"排行榜，我排第38名，这个对我来说，意味着话语权。我可以说我爱说的话。当然，它也让我更在意言辞。别人都说我是在用生命写微博。呵呵，我每条微博要写一两个小时，我必须保证从个人的角度百分之百正确。我妈说过的，没有人天生正确，但有些人会越来越正确。

现在我工作很忙，还要挤出时间写作，今后也还是会写下去的。很多人是因为《职来职往》熟知我的。其实，我写书写很多年了。哪怕前几本发行量不大，能够出版，我已经很感激。我总觉得电视是门遗憾的艺术，我是做日播节目的，每天都有一期，来不及回望，一期过去了，什么都没留下。我就计划每年写一本书。人们说，这样没有价值没有意义啊。但对我而言，我留下了一些印记，影响了一些人。

我一直写，写到今天。没有那么低贱的过去，就没有今天的我。我希望一直这样，像蜷缩在角落里等待着被发现的贱狗，不抱怨，不自怜，碰个杯，就把人生各种滋味一饮而尽。

无论在哪个岗位上，

我都是一名金融政策研究人员，

只是从不同的角度进行研究。

# 巴曙松：业精于"专"

◎ 艾国永

巴曙松，中国银行业协会首席经济学家，香港交易所董事总经理、首席中国经济学家，北京大学汇丰金融研究院执行院长，北京大学汇丰商学院金融学教授、博士生导师。主要研究方向为宏观金融政策、金融机构风险管理和金融市场监管、资产管理行业研究。

"专"，是"专业"之"专"。本科时，受当时看重理工科的社会氛围的影响，巴曙松读的是动力工程专业，但他并不十分喜欢。他在读硕士时终于转到了自己萌生浓厚兴趣的经济学专业，随后在中央财经大学攻读了博士学位，在北京大学从事博士后研究。

在他的履历上，不管是任职还是研究，细细探究，都锁定在"金融"二字上：国务院发展研究中心金融研究所副所长、中国宏观经济学会副秘书长、中国银行业协会首席经济学家。曾先后担任中国银行杭州市分行副行长、中银香港助理总经理、中国证券业协会发展战略委员会主任、中央人民政府驻香港联络办公室经济部副部长等职务。他的主要著作有《巴塞尔新资本协议研究》《中国金融市场发展路径研究》《美国货币史》（译著）等。

"专"，是"专家"之"专"。"我不喜欢过分的娱乐化，研究人员是以自己的研究成果和专业判断与社会对话的。"巴曙松在正式接受本刊的采访前，这样开宗明义地说。愿意谈金融方面的问题，不愿意谈非金融问题。巴曙松咬定立场不放松。

"专"，是"专注"之"专"。20 多年后，应邀回到自己的母校演讲时，巴曙松说，如果从金庸笔下的众多人物中选择一位适合做研究的人物，他会首选郭靖。他认为，特别聪明的、投机意识比较强的学生会成为韦小宝，不太适合做研究。巴曙松认为郭靖更适合做研究，"关键是踏实、有恒心"，天天练习"降龙十八掌"，总有一天会练成。欣赏专注的学生，是巴曙松内心认同"专注"这一优良品质的外在投射。

"专"，是"专情"之"专"。大二那年在巴曙松的记忆中尤为重要，那是他最愿意乘坐时光穿梭机重返的岁月。那一年，他担任校广播台的台长，他的太太当时是广播台的播音员。

那一年，他组织了以"蓝色的爱"为名的诗歌配乐朗诵会。"20 世纪 80 年代是一个非常值得怀念的时代，是一个白衣飘飘的纯洁时代，也是一个充满变革活力的年代。"

巴曙松在一次接受采访时说。尽管会场设在简陋的食堂，上台的都是身边的同学，可是很多同学在台下听得流下了眼泪。"我现在很想重现这个场景，在音乐和诗歌中。"

巴曙松说，"很想再去看看那些流泪的同学"。

不变的爱情，深切怀念的友情，大约当得起"专情"二字吧？

我最近正在翻译一本美国华尔街金融圈以及我接触的不少海外金融业专业人士都在读的一本书，叫《大而不倒》，大约年中就可以推出。在这次美国的次贷危机中，不同的金融机构决策者如何决策的第一手情况，这本书做了比较详细的介绍。我看到巴菲特给股东的信中专门提到了这本书和这本书的作者。我想我有义务把它推荐给中国读者。

过去几年，我花了一点时间，利用正好在香港工作、时间较为充裕的时期，主持翻译了诺贝尔经济学奖获得者弗里德曼的经典著作《美国货币史》。这本书出乎意料地受到欢迎，说明了国内读者对于国际金融业的最新动向非常关注，了解国际金融业的心情十分迫切，也说明金融界对于优秀的专业著作实际上是有很大需求的，这也启发了我继续去翻译《大而不倒》。

如果时间允许的话，争取每年翻译一部重磅的经济学著作吧。通过翻译，可以让更多的中国人读到国外的优秀作品。

经济危机持续这么久，接下来，世界各国受金融危机的影响程度将会呈现出明显的差异。去年，各国的政策都很同步地刺激经济，都在应对危机，到了今年之后开始分化，像澳大利亚，已经加了三次息；在亚洲，马来西亚也开始加息，中国两次提高了存款准备金率；美国经济开始好转，也开始有了一些动作，但是动作幅度不是太大；俄罗斯和匈牙利还在减息，欧洲的情况还在恶化。

现在回头看这次金融危机，还是有一些教训要吸取的。我们对于不良资产的剥离、快速处理，实际上是从美国等发达国家学来的，但是中国的执行力非常强，而且确实这么做了，很快把不良资产剥离了。在金融危机之后，确实发现美国的金融界存在大量违反基本的风险管理和金融业监管原则的问题。

从不良资产问题处置来说，美国金融体系之所以复苏得非常慢，与他们的银行体系有大量的不良资产包袱、有很多的隐患没有充分暴露有关，他们的银行很难向实体经济提供很大的信贷支持。他们在不良资产的快速剥离上往往言行并不一致。当然，这可能有政治制衡方面的原因，也可能有执行力不够的原因和利益平衡的难处。

在中国加入 WTO 之前并不被国际同业看好的中国银行业，在这次金融危机中表现出色。10 年来，中国的金融体系经历了两次金融危机的冲击，中国金融业的两次表现差异巨大。在亚洲金融危机的冲击下，中国金融业不良资产包袱巨大，被视为"技术上破产"，最后靠政府的强力支持而勉强度过危机；而在 10 年后的今天，较之亚洲金融危机冲击力度更大的全球金融危机袭来，中国金融业总体表现十分稳健，金融业始终围绕服务于实体经济，同时保持相对稳健的杠杆水平，是中国金融业能够应对全球金融危机的关键。

说到我的经验总结，就要提到我准备推进的一项工作——中国银行家调查报告。在中国银行业协会和普华永道会计师事务所的帮助下，准备每年做一次，通过大量的问卷和面对面的访谈，来观察每个年度中国银行业的变化。监管部门的领导对此也十分支持。

这项工作是从今年开始的。全世界许多国家都有这样的报告，但中国银行业一直较为欠缺。这项工作体现了我自己所偏好的一种研究路径：从实际的金融市场中发现真实的第一线的问题，然后进行理论的提炼与研究，最后再反馈到实际的金融市场与金融政策的讨论中。仅仅以银行家调查报告为例，通过问卷调查和访谈的方式，我们发现中国公众讨论的热门问题乃至监管部门关注的问题，往往与银行家实际在关注的问题差异非常大。通过这个报告，能够比较及时地将中国银行家关注的问题与公众、监管者以及海外投资者沟通。海外投资者对中国银行业很迷惑，一会儿非常乐观，一会儿又非常悲观，这些情绪反映出他们对中国银行业的不了解。

我们的经济在崛起，中华民族在实现伟大的复兴，金融业也在成长，在这个过程中的变化是非常激动人心的。我们的报告如果可以坚持10年、20年，就会是一个非常有价值的文献。我看到一个很好的比喻，可以用来类比这种工作：有一个摄影爱好者，每年固定时间到一个固定的地点拍摄一张照片。单独一张这样的照片可能是平淡无奇的，但是20年坚持下来，把这些照片连续地摆在一起，就是一件很有特色的作品了。

在这个过程中，认真地坚持很重要。

不少人问我，他们看到很多分析，预测人民币未来会升值，问我怎么看。在目前的外汇管理体制下，人民币升值的压力是被夸大的。中国国内的很多资源价格偏低，外汇管理制度不对称，所以应当重点调整内部的价格机制，理顺内部的定价。在此基础上，选择适当的时期，人民币可能会重新进入"双向波动，小幅升值"的轨道，但其升值的幅度是十分有限的。

也有很多人在谈论中国的"房产泡沫"问题，解决老百姓住房难的问题，我觉得主要还是要靠加大供给，平衡需求。从政策方面来说，其一，现在的城市化进程非常快，住房需求量非常大，我们目前在做的政策调控也是在刺激供给，抑制投资性需求；其二，在供给中调整结构，包括产品结构，之前我们缺少满足中低收入阶层需求的这一部分房子的供应，小户型供应少，总体上供应也不足。

更多人出于理财方面的考虑，会问我，如果有多余的钱用来投资，在当今中国，我会投资什么。我的建议是，投向能够在未来的创业板上市的企业，或者即使不上市但本身在快速成长的企业。这些体现了创业精神和企业家精神的企业，应当是很好的投资对象。你看中国的创业板为什么有这么高的估值？除了流动性非常充足，还因为中国的企业家资源确实稀缺。投资者给予创业板上市公司更高的估值，是希望它们能够带来新的商业模式、新的技术、新的经营方式。真正的企业家与官员显然是有很大区别的，我们现在更为缺少的是能够组织资源有效配置的企业家。

目前，我个人的社会角色非常多，国务院发展研究中心金融研究所副所长、经济学家、博士生导师……无论在哪个岗位上，我都是一名金融政策研究人员，只是从不同的角度进行研究。在一个复杂的环境下要做好政策研究，需要了解市场，也需要熟悉政府的运作，同时还需要对政策的决策过程进行了解，需要理论的支持……所以必须从好几条线上同步推进。例如，跟踪理论前沿的进展，跟踪市场的变动，跟踪政策产生的效果，其立足点和出发点，仍是金融政策的研究。

我教学生的方式挺多样的，其中就有运用网络论坛教学的方式。网络论坛是一个方面，其他的该讲课还是讲课。网络论坛是一个交流平台，毕业的、没毕业的都可以在上面进行交流，这本身也是一个相互学习的过程。

让我推荐一本书的话，很难，没有哪本书是我放在枕边，但事实上已经看过很多遍，这个好像没有。新出的书太多了，需要看的东西太多了，但是这些年大致能够坚持阅读的，有英国的《经济学人》、美国的《华尔街日报》、香港的《信报》。每天的阅读时间不好估算，主要要看阅读什么，研究工作其实主要就是阅读、写作和调研。信息爆炸，金融市场的变化非常剧烈，要跟上这个变化就必须付出更大的努力。金融市场是无情的，跟不上节奏就必然会被市场淘汰。

我只是一个平庸的金融市场研究人员，因为平庸一些，所以只好在时间上多投入一点，笨鸟先飞吧。

有人问过我，当经济学家是你从小的梦想吗？这是在中国的市场化转型中对个人提出了巨大的要求，然后个人逐步适应的过程。我们小时候，哪能想到中国会出现今天这样的状况。那个时候，金融业无非就是垄断的一家银行。中国过去30年的成长变化确实是数千年未有之变局，给我们提供了巨大的锻炼机会，应当感恩这个时代。

我在香港先后工作两次，香港回归10周年，我就在现场。港府全体官员向胡主席宣誓效忠中华人民共和国政府时，场面催人泪下。我们这么大一个国家，却被别的国家占领土地。联欢时，全体人员一起合唱《歌唱祖国》，任何人在那个场合都会非常激动，我也禁不住流下眼泪。后来我的手机铃声改成了《歌唱祖国》。

当世的经济学家中，我最敬重的，是我的导师张培刚教授，他今年快100岁了。他的研究路径非常好，既有第一线的大量体验与调研，也有前沿的理论支持。今天我们在经济发展理论上的许多基础性问题都是他率先提出的，比如农业和工业的问题、城市和农村的问题、农业国和工业国的问题，在不同的时期会有不同的答案，但主线也就这些。

过去 30 年中国最激动人心的变化体现在各个方面，从经济方面基本上体现在我们的加工制造环节，全世界都能找到"Made in China"。我觉得，在未来，更激动人心的变化会出现在金融领域，在未来的 30 年，更大的创新应该来自于金融领域。

中国的实体经济占全世界经济的比重迅速上升，但是人民币计价的金融资产在全球金融市场所占的比重很低，中国的金融市场依然管制重重，效率不高。在世界前十位的经济体中，货币不可兑换的经济体似乎只有中国。应当说，这些方面会发生很大的变化，作为一名金融政策研究者，应该参与到这个有价值的过程中去。

我的 MSN 签名是："切·格瓦拉：让我们面对现实，让我们忠于理想。"你如果没有点理想，那么其实有很多事情用不着去做，你是一名研究员、教授，这就够了。

现实是理想的折中，理想是现实的方向。比如说，中国在经济上将来会成为一个世界大国和强国，再过 30 年、50 年，我们退休了之后回顾这个参与的过程，会觉得非常有意思。我碰到很多在海外工作的朋友陆续回来，跟他们追求这种感觉大有关系。这大概可以说是有理想，但是不要理想化吧。